Chasse au scoop

À ma maman chérie à moi,
qui par chance ne ressemble pas du tout à celle de Bibi.

Cet ouvrage a été imprimé sur un papier
issu de forêts gérées durablement,
de sources contrôlées.

L'édition originale de cet ouvrage a paru
en Grande-Bretagne en 2013 sous le titre
Sleuth on skates A Sesame Seade Mystery
chez Hodder Children's Books, une maison
du groupe Hachette Children's Books, Londres.
Texte original © 2013 Clémentine Beauvais.

Illustration de la couverture
et illustrations intérieures : Zelda Zonk
Direction artistique de la couverture : Marlène Normand

ISBN : 978-2-7002-5312-2

·Clémentine Beauvais·

Bibi Scott
DÉTECTIVE À ROLLERS
Chasse au scoop

Traduit de l'anglais (Grande-Bretagne)
par Anne Guitton

RAGEOT

SES COPAINS

Gemma

Toby

SON CHAT

Peter Mortimer

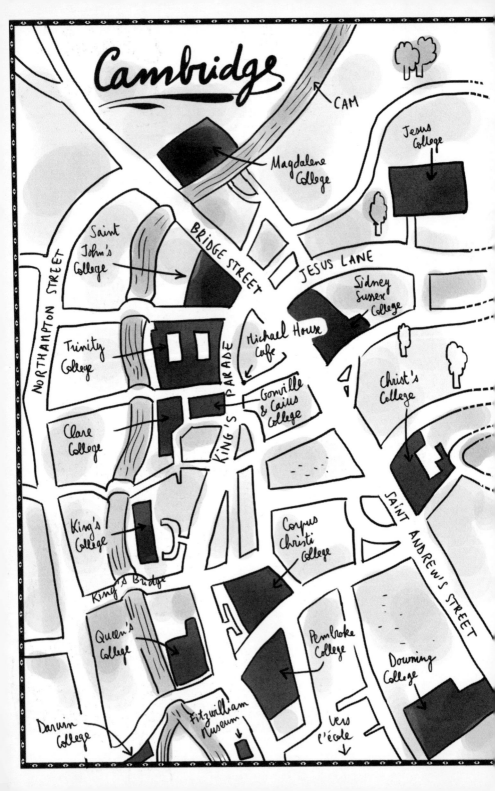

Christ's College

Jardin
des chercheurs

3e cour

2e cour

Jardin
de la doyenne

Loge
de la doyenne

Cour
principale

Loge des portiers

1

On ne naît pas détective à rollers, on le devient.

Et croyez-moi (moi, c'est-à-dire Bibi Scott, comme indiqué sur la couverture), c'est plus compliqué qu'on ne l'imagine.

Pour ça il faut, primo, une paire de rollers (violets) et, secundo, suivre ce petit principe de vie :

Quand on a autant de neurones dans le cerveau qu'il y a d'étoiles dans l'univers, à quoi bon rêver de super pouvoirs ? Du moment qu'on a des pieds pour courir et patiner, des mains pour grimper et nager, pourquoi vouloir voler ?

Bon, évidemment, il faut aussi un mystère à résoudre. Et ça, je peux vous dire que c'est beaucoup plus rare que les rollers et les principes de vie. Surtout à Cambridge où j'habite.

Cambridge, c'est une université mais c'est aussi la petite ville qui l'entoure, la plus paisible et la plus ennuyeuse d'Angleterre – en même temps, je ne connais pas toutes les autres.

Mais après onze ans, cinq mois et dix-sept jours d'attente, une mystérieuse mission a enfin croisé ma route – et je suis devenue la première détective à rollers autodidacte de Cambridge.

Tout a commencé un dimanche après-midi plutôt normal, où comme d'habitude mes parents n'avaient rien de mieux à faire que se poser des questions bizarres sur mon compte.

– Je me demande, a marmonné le professeur Scott (ma mère), si les mauvaises manières de notre fille sont dues à une nature fondamentalement diabolique ou à une négligence de notre part.

– Les enfants ne sont pas diaboliques par nature, chérie, a répondu le révérend Scott (mon père) ; je crains donc que nous n'ayons commis une erreur quelque part.

Ils ont levé les yeux vers moi. Oui, levé, parce que j'étais perchée dans un arbre.

– Qu'est-ce que tu fabriques, Sophie ?

À mon grand regret, mes parents vivent dans l'illusion que leur fille se nomme Sophie Margaret Catriona Scott. N'importe quoi ! Appelez-moi Bibi.

– Je joue avec le chat et avec mes jumelles.

– Ne regarde pas dans les chambres des étudiants ; c'est malpoli.

– Mère, je ne regarde jamais dans les chambres des étudiants. Elles sont au mieux sans intérêt, au pire dégoûtantes.

Vivre entourée d'étudiants n'est pas facile, mais je n'ai pas le choix : j'habite dans l'un des trente et un « colleges » de l'université de Cambridge. Les colleges sont de grandes maisons où l'université range ses étudiants. Ils y dorment, mangent et travaillent, en produisant au passage divers bruits et odeurs.

Si je vis là, c'est pour des raisons parentales. Ma mère est la directrice de Christ's College, université de Cambridge, Cambridge, Royaume-Uni, Terre. Ici, on appelle ça une doyenne. Ce qui fait d'elle la reine locale et de moi une princesse. J'ai donc pu rayer « devenir une princesse » dans ma liste des choses à faire.

Quant à mon père, qui aurait pu se contenter d'être le prince consort, il a préféré devenir pasteur, alors on l'appelle « révérend », c'est son titre.

– L'arbre à la Terre, l'arbre à la Terre ! Attention ! Peter Mortimer s'apprête à descendre !

Mes parents n'ont pas réagi.

– La Terre, vous me recevez ? Peter Mortimer va sauter, je ne plaisante pas !

Toujours rien.

– Débarquement imminent de Peter Mortimer, Charlie-Hotel-Alpha-Tango ! Dans trois… deux… un…

Ils auraient dû m'écouter : l'atterrissage de Peter Mortimer sur le crâne de mon père a visiblement été très douloureux.

– Oh, ce chat ! Je vais lui faire arracher les griffes !

– Père, je te rappelle que c'est Dieu qui les lui a données !

– Le problème avec Sophie, c'est qu'elle est aussi manipulatrice que Gorgias, a soupiré maman.

15

Mes parents raffolent des phrases construites sur le modèle suivant :

> **1.** *Soupir*
> **2.** *« Le problème avec Sophie,*
>   *c'est qu'elle est aussi... »*
> **3.** *terme péjoratif*
> **4.** *« que »*
> **5.** *terme mystérieux.*

Et une fois tous les trente-six du mois, j'ai droit à :

> **1.** *Sourire*
> **2.** *« Ce qu'il y a de bien avec Sophie,*
>   *c'est qu'elle est aussi... »*
> **3.** *terme positif*
> **4.** *« que »*
> **5.** *terme mystérieux.*

– Ouste, Bouboule ! Rentre à la maison ! a ordonné papa.

À mon grand regret, mes parents vivent dans l'illusion que Peter Mortimer se nomme Bouboule. C'est injuste de réduire ainsi quelqu'un à son problème de poids. Bien évidemment, Peter Mortimer leur en veut et ne cesse de leur rapporter divers cadavres pour exprimer son ressentiment. Une fois de plus, ça n'a pas raté.

– Ça suffit, Bouboule ! Tu ne peux pas laisser les souris en paix ?

– Dis donc maman, c'est l'hôpital qui se moque de la charité !

Elle assassine environ vingt souris par jour. En plus d'être doyenne, elle est professeur de médecine thérapeutique, ce qui signifie qu'elle contamine des souris de laboratoire, qu'elle essaie de les soigner et qu'elle échoue la plupart du temps.

– D'où connaît-elle cette expression ? s'est étonné papa.

– Dieu seul le sait. Elle a dû entendre un étudiant l'employer.

Sans vouloir me jeter des fleurs, il se trouve que j'ai un goût prononcé pour les excentricités lexicales – autrement dit, les phrases compliquées.

– J'ai une théorie qui explique la passion de Peter Mortimer pour la chasse, ai-je annoncé.

– Je suis tout ouïe, a grommelé maman.

– Selon moi, c'est un quiproquo autour du mot « amen » que papa répète six fois par jour. Peter Mortimer entend « amène », et il se sent obligé de lui rapporter quelque chose.

Face à l'incompréhension de mes parents, j'ai dû me répandre en explications parce que la différence entre « amen » et « amène » est moins évidente à l'oral qu'à l'écrit.

Papa a soupiré.

– Le problème avec Sophie, c'est qu'elle est aussi sacrilège que Thomas Aikenhead.

N'allez surtout pas croire que mes parents ne m'aiment pas. Au contraire. Comme me le révélaient mes jumelles, maman était en train de lire un article du *Sunday Times* intitulé « L'enfant unique, petits bonheurs et grands tourments », dans lequel elle entourait des passages au crayon.

– L'arbre à la Terre ! L'arbre à la Terre ! La Terre, vous me recevez ?

– Bon sang de bois, qu'est-ce qu'il y a, encore ? Tu ne peux pas nous laisser profiter de notre dimanche, pour une fois ?

– Portier à
l'approche à
vitesse maxi-
male ! Impact
avec le jardin
prévu dans
trois-deux-
un...

Toc toc !

Maman s'est levée,
a replié son journal et est allée ouvrir
la petite porte verte derrière laquelle se tenait
Tod le portier. Les portiers sont les sentinelles
constamment en éveil et les anges gardiens du
college. Ils savent absolument tout ce qu'il y a
à savoir sur ce lieu et ses habitants – et étant
donné les mœurs étranges des étudiants, ils
doivent parfois le regretter.

– Bonjour, Tod, a dit maman. Entrez ! Tout
va bien ?

– Malheureusement non, a répondu Tod en
s'avançant dans le jardin. Vous vous rappelez
l'étudiante dont je vous ai parlé ce matin ?

– Seigneur, elle est toujours portée disparue ?

– On espérait qu'elle était rentrée chez elle sans prévenir, mais on vient de parler à ses parents – ils ne l'ont pas aperçue.

– Qui a disparu ? ai-je demandé.

– Oh, salut, Bibi ! Je ne t'avais pas vue, perchée là-haut.

– Salut, Tod ! Qui a disparu ? ai-je répété un peu plus fort, puisqu'ils étaient subitement devenus durs de la feuille.

À travers mes jumelles, j'ai vu Tod se tourner vers maman, qui s'est tournée vers papa, qui s'est tourné vers moi.

– Inutile de hurler, a fait maman. C'est une de nos étudiantes. Bien, Tod, je crois qu'il est temps d'appeler la police. Même s'il n'y a probablement aucune raison de s'inquiéter, nous ne devons prendre aucun risque. Je vous rejoins dans une minute.

– À quoi ressemble-t-elle ? Je peux essayer de la repérer avec mes jumelles. Elle est peut-être coincée sur un toit, comme l'autre.

(Je faisais référence à un certain Edmund Sutton. Un élève qui, un an plus tôt, avait passé tout un vendredi aussi seul sur sa toiture que Robinson Crusoé sur son île.)

– Elle s'appelle Jenna Jenkins, m'a informée Tod.

J'ai inspecté les alentours en quête d'une jeune fille correspondant à ce nom – en vain.

– Hypothèse des toits écartée.

Aucune réponse. Papa était parti essuyer son crâne ensanglanté. Maman et Tod se dirigeaient vers la loge stratégiquement placée à l'entrée du *college*, d'où les portiers s'assuraient d'un coup d'œil-laser que seuls des touristes et des étudiants franchissaient la porte (par opposition à des tueurs à la tronçonneuse). Quant à Peter Mortimer, il avait disparu dans la maison – fort heureusement, car la seule autre créature encore présente était une cane enceinte, plantée devant le ruisseau au fond du jardin. Je suis descendue de mon arbre et j'ai couru chercher mon père.

– Papa, il y a une cane enceinte dehors.

– Les canes ne sont pas enceintes, ma puce. Elles pondent.

– Elle ne devrait pas rester là. Peter Mortimer va la réduire en chair à pâté.

– Hé, pas de patins à roulettes dans la maison !

– Trop tard, je les ai déjà enfilés. Papa, tu connais Jenna Jenkins ?

– Très peu. Fais attention, tu vas finir par casser quelque chose !

– Avait-elle des ennemis ?

– Non, et s'il te plaît, ne commence pas à jouer les Sherlock Holmes. La police se chargera de l'enquête. Doucement, c'est fragile ! Tu as fini tes devoirs ?

– C'est ça, mes devoirs.

– Quoi, déchiqueter le tapis du salon ?

– Non, comprendre le fonctionnement du monde. D'après notre directeur, c'est à ça que sert l'école. À plus, révérend !

– Où vas-tu ?

– À mon entraînement de roller derby.

La cour principale de Christ's College est une vaste pelouse circulaire entourée d'une allée de pierres qui forme une piste de roller parfaite. En plus, ça résonne comme dans une caverne. C'est mon activité préférée du dimanche (mais ça, mon père ne le sait pas).

– Salut, Bibi ! Tu profites de ton week-end ?

Fiona Lumley est une de mes meilleures amies étudiantes. En général, j'essaie de ne pas trop m'attacher à eux parce qu'ils sont comme les lapins : ils ne durent que trois ou quatre ans, et après, hop, ils disparaissent. Mais comme Fiona étudie la médecine, elle sera là plus longtemps ; je me suis donc autorisée à m'attacher un tout petit peu à elle. Sympathiser avec des étudiants, c'est un peu comme adopter des grands frères ou des grandes sœurs, sauf qu'on ne peut pas se faufiler dans leur chambre pour lire leur journal intime. Enfin, à moins qu'on sache où trouver la clé.

J'ai freiné aussi fort que si je me trouvais au bord d'une falaise, Fiona s'est bouché les oreilles et, quand les échos du crissement sont enfin retombés, je lui ai répondu :

– Pas vraiment. Je déteste le dimanche ; il a la mauvaise habitude d'être suivi par le lundi. Mais il se passe parfois des choses intéressantes. Tu as entendu parler de la mystérieuse disparition de Jenna Jenkins ?

Fiona a froncé les sourcils et s'est passé la main dans les cheveux.

– Oui. Je ne la connaissais pas très bien, mais ça me semble beaucoup plus inquiétant qu'on ne le dit. Il y a deux jours qu'on ne l'a pas vue. Tout le monde pensait qu'elle était rentrée chez elle, mais ce n'est pas le cas.

– À moins qu'elle soit vraiment rentrée et que ses parents en aient profité pour la vendre comme esclave ?

– Bizarrement, ça me paraît peu probable. Et toute cette histoire est d'autant plus étrange qu'elle devait tenir le premier rôle dans le ballet de fin d'année, *Le Lac des cygnes*. Elle ne parlait que de ça depuis des semaines.

– Je me demande, ai-je ajouté pour plaisanter, si une de ses rivales ne l'a pas découpée en petits morceaux telle une aubergine pour une ratatouille, avant de la jeter dans la rivière Cam.

– Et moi je me demande, a rétorqué Fiona qui ne plaisantait pas, s'il ne faudrait pas envisager le pire.

– Elle avait des ennemis ?

– Plein. Elle n'était pas seulement danseuse ; depuis deux trimestres, elle était aussi rédactrice en chef de *Scoop à Cambridge*, le magazine à scandale de l'université. Ce travail ne lui a pas valu que des amis.

2

– Maman chérie, lumière de ma vie, est-ce que je peux sortir faire un tour ?

– Non.

– Papa chéri, feu de mes entrailles, est-ce que je peux sortir faire un tour ?

– Dieu du ciel, Sophie, d'où tiens-tu cette horrible expression ? Non, tu ne peux pas sortir. Il est neuf heures du soir, tu devrais déjà être au lit.

Me traiter de Sophie est le meilleur moyen de me pousser à désobéir ; en deux temps trois mouvements, je me suis retrouvée dans le jardin. La fenêtre de ma chambre donne sur une petite terrasse contre laquelle est accoudé un gros arbre. Je n'ai eu qu'à me laisser glisser le long du tronc pour atterrir au milieu d'un massif de tulipes. La cane enceinte n'avait pas bougé.

– Mais tu es folle ! me suis-je exclamée. Tu ne devrais pas rester là. Peter Mortimer va t'expédier six pieds sous terre et manger tes canetons pour le dessert.

Elle a haussé les épaules et sauté dans le ruisseau, une décision complètement inconsciente quand on sait qu'il est rempli de poissons énormes. Je les déteste, avec leurs moustaches. Même Peter Mortimer ne peut pas les attraper. Ça les fait bien rire.

– Et maintenant, au travail.

Le calme régnait dans la loge quand je m'en suis approchée sur la pointe des pieds. Don, le portier de service, buvait du thé devant son ordinateur. J'ai rampé jusqu'à son bureau aussi souplement qu'un léopard et terminé

ma course par une roulade avant, comme tout super-détective qui se respecte. Ladite roulade était si parfaite que j'ai laissé échappé un petit «Waouh» émerveillé. Par chance, c'est le moment qu'a choisi le téléphone pour sonner, et Don a décroché.

C'était maintenant ou jamais ! J'ai enchaîné trois autres roulades, un peu moins réussies, et j'ai atterri la tête la première dans un carton. Je m'en suis sortie avec quelques coupures au front, mais j'avais atteint mon but : le pigeonnier.

Si vous l'imaginez plein de pigeons, vous allez être sacrément déçus, car il s'agit juste du nom que l'on donne aux boîtes aux lettres des étudiants. Elles sont à peine assez grandes pour contenir deux enveloppes, alors un pigeon, n'en parlons pas (j'ai déjà essayé, et je l'ai payé cher).

J'ai passé en revue les étiquettes :

JAMESON, K.
JAMESON, M.
JARED, M.
JENG, W.
JENKINS, J.

La boîte aux lettres de Jenna Jenkins !

Vide, malheureusement.

La police avait dû être plus rapide que moi. Ma carrière de détective commençait mal.

Alors que je me grattais la tête en contemplant ce vide angoissant, une tache de couleur a attiré mon attention et m'a aussitôt fait oublier le pigeonnier. N'importe qui aurait réagi comme moi, car la tache en question était une boîte de Quality Street toute neuve, posée à même le sol.

Une feuille de papier jaune était scotchée sur le côté et indiquait : « Pour Jenna J. »

Au verso, j'ai découvert le message suivant :

Où es-tu passée ? Je t'ai attendue pendant des heures hier au salon de thé Chez Tata. Tu ne réponds pas à mes coups de fil ni à mes e-mails. Qu'est-ce qui t'arrive ?

J'espère que tout va bien… Donne-moi de tes nouvelles ! Je ne sais toujours pas ce que tu voulais que je fasse pour SC.

Bises,

Jeremy

Après m'être félicitée d'être plus douée que la police pour dénicher des indices, j'ai ramassé la boîte de Quality Street. Puis je me suis plaquée contre le mur car Don venait de raccrocher et se levait, sa tasse à la main.

C'est alors que j'ai remarqué le numéro de *Scoop* posé sur son bureau. Dès qu'il est sorti de la pièce en sifflotant, je m'en suis emparée avant de filer dans la nuit sombre et étoilée.

★ ★ ★

Cette première mission était un vrai succès, ai-je conclu en regagnant mon jardin à cloche-pied. Histoire de fêter ça, je me suis assise derrière un buisson pour manger juste un ou deux bonbons, jusqu'à ce que la boîte déborde d'emballages multicolores vides. La cane enceinte louchait sur le dernier chocolat, celui à la fraise. Je lui ai permis d'en grignoter un morceau, et elle m'a remerciée d'un caquètement enthousiaste.

Puis je me suis rendu compte que j'avais englouti les indices et je me suis sentie un peu coupable. Heureusement, il restait le message.

Un certain « Jeremy » était impliqué dans cette histoire. J'ignorais à quel moment précis il avait déposé son cadeau, mais Jenna avait déjà disparu et il semblait inquiet.

« Je ne sais toujours pas ce que tu voulais que je fasse pour SC. »

J'ai ramassé l'exemplaire de *Scoop*, dont la une était couverte de gros titres rouges et de photos floues.

VOL À L'ÉTALAGE : UN PROFESSEUR DE DROIT PRIS LA MAIN DANS LE SAC !

UN MEMBRE DE L'ÉQUIPE D'AVIRON PÈRE DE DEUX JUMEAUX !

MAIS QUI EST DONC CETTE DAME, M. LE RECTEUR ADJOINT ? CERTAINEMENT PAS VOTRE FEMME !

Pas vraiment mon genre de magazines ; je préfère quand il y a des BD et un gadget offert. Mais je l'ai tout de même feuilleté jusqu'à trouver les noms de l'équipe.

En tant que rédactrice en chef, Jenna Jenkins venait en tête de liste.

Et juste en dessous, il y avait :

« Jeremy Hopkins, responsable des investigations. »

La cane enceinte m'a lancé un de ces regards perplexes dont les canards ont le secret.

Je lui ai demandé dans un souffle :

– Quel scandale brûlant Jenna Jenkins a-t-elle bien pu découvrir pour qu'on l'ait fait disparaître avant qu'elle mette son meilleur limier sur le coup ?

Cambridge est la ville la plus venteuse de tout l'univers. Avant de m'endormir, j'ai écouté les hurlements, les mugissements et les sifflements des bourrasques qui s'engouffraient entre les flèches des bâtiments.

Mais Bibi Scott n'a peur ni du noir ni du vent.

3

– **Le problème avec toi,** c'est que tu es aussi égocentrique que Narcisse.

– Maman, mes cheveux doivent absolument être bien attachés, sinon monsieur Halitose risque de me refiler son virus en me demandant de me recoiffer.

– Monsieur qui ?

– Monsieur Halitose, mon professeur !

– Tu veux dire monsieur Barnes ?

– Tu retardes de cinq siècles ! Ça, c'était son nom le jour de la rentrée, avant qu'on découvre son problème. Après on l'a surnommé monsieur Souffle de Mort, jusqu'à ce que la mère de Gemma lui explique que la mauvaise haleine est une maladie appelée halitose. Depuis, par respect et par souci de précision, on l'appelle monsieur Halitose.

– Ça fait dix-huit minutes que tu es plantée devant ce miroir.

– Et je n'ai pas perdu mon temps. Ma queue de cheval est parfaite. Tu peux sonner mon carrosse.

– Inutile, il est déjà en train de te sonner.

Effectivement, j'entendais notre petite Twingo bleue klaxonner au loin comme si on venait de gagner la Coupe du monde.

– C'est papa qui conduit la Schtroumpf-mobile aujourd'hui ? Pourquoi pas toi ?

– Parce que – dépêche-toi, bon sang ! – parce que dans exactement une minute et quarante-huit secondes, des personnes très importantes vont frapper à la porte pour que nous discutions de choses très importantes.

– À propos de Jenna Jenkins ?

Maman a poussé un de ses soupirs légendaires.

– Non, ça n'a rien à voir avec elle. Nous ignorons toujours ce qui lui est arrivé.

– Alors c'est qui, ces gens ?

– Jésus Marie Joseph, Sophie Margaret Catriona !

– Ça en fait, du monde !

– Tu me fatigues ! Ça ne va même pas t'intéresser : ce sont des représentants de Cooperture, la plus grande agence de marketing du pays. Voilà, tu es contente ?

– Non. Atrocement déçue.

– File !

J'ai filé.

– Passe une bonne journée !

J'ai passé une bonne journée.

★   ★   ★

Mes meilleurs amis s'appellent Gemma Sarland et Toby Appleyard. Je les ai sélectionnés pour leurs compétences.

Gemma porte des boucles d'oreilles en perle et vit dans une immense maison à Waterbeach (ça signifie « la plage au bord de l'eau », mais c'est de la publicité mensongère).

Toby habite tout près de notre école. En fait, il habite même dedans. Sa mère, Mme Appleyard, est la concierge et son père, M. Appleyard, le responsable de la cantine. La cuisine de M. Appleyard est immangeable et, contrairement à Toby, Gemma et moi n'y sommes pas habituées. Par politesse, nous sommes pourtant obligées de faire semblant de l'apprécier. C'est le principal inconvénient de notre amitié avec Toby.

– J'ai une nouvelle incroyable, ai-je annoncé d'emblée à mes amis. Une étudiante de Christ's College a disparu de la surface de la Terre !

– Elle est morte ?

– Allez savoir. En tout cas, elle est partie.

– Sans dire où elle allait ?

– Évidemment, sinon on ne parlerait pas de disparition.

– Comment elle s'appelle ?

Par malchance, M. Halitose a choisi cet instant pour se mettre à parler de géométrie, ce qui nous a obligés à poursuivre notre conversation par écrit.

– Selon le théorème de Pythagore... a-t-il commencé.

« C'est une ballerine », ai-je répondu au stylo turquoise.

« Comme les chaussures ? » a demandé Toby au marqueur.

– … dans un triangle rectangle…

« Non, comme les danseuses, ai-je continué au crayon. Elle est aussi rédactrice en chef de *Scoop*, un magazine à scandale. »

« Encore une saleté de paparazzi. Bon débarras », a rétorqué Toby à l'encre noire.

« STOP, c'est sérieux, est intervenue Gemma dans un nuage de paillettes (je me demande bien où elle achète ses stylos). Elle a peut-être été tuée ! Je connais pas mal de danseuses, et je peux vous dire qu'elles ne rigolent pas ! »

– … le carré de la longueur de l'hypoténuse…

«Tu connais des danseuses, toi ? » s'est étonné mon feutre rouge.

– ... est égal à la somme des carrés des longueurs des deux autres côtés.

Ça commençait à être joli, toutes ces couleurs. Gemma nous a expliqué en vert pâle :
« Je joue du violoncelle dans le *Lac des cygnes* ! »

– Sophie Scott, peux-tu nous réciter le théorème de Pythagore ?

M. Halitose s'est approché de nos tables. Gemma, Toby et moi sommes immédiatement passés en mode apnée.
– Oui, tu peux rougir, ma chère enfant, a-t-il susurré. (Je ne rougissais pas, j'étouffais.) Tu n'as pas écouté un traître mot de ce que j'ai dit.
– Bien sûr que si, monsieur Barnes ! ai-je protesté en économisant mes réserves d'air au maximum, grâce au savoir-faire acquis au fil de longs mois d'entraînement. Le théorème de Pythagore dit que le carré de l'hypoténuse est égal à la somme des carrés des deux autres côtés. Dans un triangle rectangle, évidemment.

M. Halitose en est resté bouche bée. Puis il a marmonné :

– Très bien.

Et il est retourné à son bureau. Nous avons enfin pu respirer de l'air non pollué, pour le plus grand bonheur de nos poumons.

Voilà un exemple de ce qu'on peut faire quand on a le même nombre de neurones dans le cerveau qu'il y a d'étoiles dans l'univers.

★   ★   ★

À la récré, Gemma nous a donné plus de détails sur son incroyable révélation.

– Mon père a rencontré quelqu'un qui cherchait des violoncellistes pour l'orchestre de l'université. Il lui a proposé : « Pourquoi pas Gemma ? », alors moi j'ai dit : « Non merci ! », mais c'était trop tard, et maintenant je dois répéter tous les deux jours en plus de mes devoirs, et je suis la plus jeune, et le metteur en scène est un sale type. C'est l'horreur.

– Donc tu as dû croiser Jenna Jenkins ! me suis-je écriée.

– Je ne connais pas toutes les danseuses. Elle joue quel rôle ?

– Le rôle principal. Je n'ai jamais lu l'histoire, mais je suppose que c'est soit le cygne, soit le lac.

– L'héroïne s'appelle Odette, espèce d'ignorante ! Ok, je vois qui c'est. Mais si elle a disparu de la surface de la Terre, qui va la remplacer ? J'espère qu'ils ont trouvé quelqu'un, parce qu'on a une répète ce soir à 6 heures.

En dépit de ma haine des tutus, j'ai compris qu'il serait de mon devoir de détective de les affronter.

– Gemma, je vais t'accompagner.

– Oh oui, s'il te plaît. Je m'ennuie à mourir au milieu de ces étudiants. Toi, au moins, tu as l'habitude.

– C'est pas juste, a protesté Toby. J'allais vous proposer de venir regarder un film à la maison ! Ma mère m'a acheté des DVD ce week-end : *Wall-E*, *Anastasia* et *Spider-Man*...

– Désolée, Toby. Notre mission passe avant tout. Mais je te nomme responsable des recherches ultra-secrètes dans les tréfonds d'Internet. Rassemble autant d'infos que possible sur Jenna Jenkins. C'est d'une importance aussi cruciale que vitale.

– Bon, d'accord. Sinon, j'ai une bonne nouvelle : à midi, on aura des endives braisées au jambon.

Gemma et moi avons réprimé un haut-le-cœur.

★ ★ ★

Entre la fin des cours et la répétition de Gemma, nous avions deux heures pour faire ce que nous voulions.

– Enfin, pas tout à fait ce qu'on veut, a précisé Gemma en dépliant sa trottinette. Par exemple, on ne peut pas braquer la confiserie, vu qu'on n'a pas de cagoules.

C'était effectivement fort dommage.

– On n'a qu'à s'imaginer qu'on l'a fait, ai-je suggéré. Et que les touristes avec des appareils photo sont des policiers qui nous poursuivent avec des lance-flammes.

D'après Gemma, je n'avais pas eu d'aussi bonne idée depuis que j'avais proposé d'adopter une sauterelle deux heures plus tôt. J'ai ajusté les fixations de mes rollers et nous avons filé à toute vitesse dans la lumière blanche de l'après-

midi, en essayant d'éviter les flashs mortels des appareils photo (ce qui n'est pas évident dans une ville comme la nôtre). Nous passions devant King's College, quand soudain...

– Non ! Ils m'ont eue ! a hurlé Gemma. Je brûle !

J'aurais subi le même sort si je n'avais pas sauté juste à temps par-dessus un muret de briques, atterrissant à plat ventre sur la pelouse du *college*. Le portier m'a jeté un regard assassin ; pour lui, marcher sur l'herbe constitue l'un des sept péchés capitaux.

– Bibi, tu es dingue ? m'a lancé Gemma. Je ne vais pas passer le reste de ma vie à te rendre visite en prison.

– Je n'avais pas le choix. C'était ça ou être transformée en torche vivante.

– Comme moi, tu veux dire… Bon, si on allait plutôt piquer des chocolats dans le placard secret de ton père ?

J'ai essuyé mes mains verdâtres sur mon uniforme, j'ai franchi le mur dans l'autre sens et je me suis accrochée à la veste en flammes de Gemma pour prendre de la vitesse. Mais tout à coup, mon œil droit a repéré un nom familier sur une enseigne au coin de la rue. J'ai pilé.

– Qu'est-ce qu'il y a ? m'a demandé Gemma en m'imitant. Tu es touchée ?

– Non. Je viens d'avoir une illumination. Regarde : *Chez Tata* !

Devant son air perplexe, j'ai dû lui rappeler que Jeremy Hopkins avait mentionné ce salon de thé dans son message. C'était l'occasion rêvée de mener l'enquête.

– Il vient peut-être souvent manger ici. S'il est là, il pourrait nous donner des informations précieuses sur Jenna Jenkins.

– Qu'est-ce qu'on en a à faire de cette histoire ? Après tout, c'est juste des étudiants.

Je lui ai pardonné cette remarque, car les étudiants ne sont généralement pas d'un grand intérêt. Mais cette fois, il était question de kidnapping, voire de meurtre.

– J'en ai pour une minute. Je te confie mes rollers.

Après les avoir retirés promptement, je suis entrée *Chez Tata*. Par malchance, aucun des clients présents ne ressemblait de près ou de loin à un étudiant nommé Jeremy Hopkins. Et par une plus grande malchance encore, l'un d'entre eux ressemblait furieusement à ma mère.

– Sophie Margaret Catriona Scott ! Au nom de tous les saints, que fais-tu seule ici ?

Elle portait sa plus belle robe abricot et était entourée de messieurs en costume à l'air satisfait. Ils écoutaient du jazz en dégustant du cheesecake aux myrtilles – une spécialité que je recommande sans hésiter.

– Ma très chère mère, ai-je répondu avec une petite courbette, bon après-midi à toi aussi, ainsi qu'à tes amis. Quand je t'ai aperçue par la fenêtre, je n'ai pas pu résister à l'envie de venir te présenter mes hommages.

– Je vois, a-t-elle marmonné d'un ton qui signifiait : « Menteuse ». Messieurs, voici ma fille, Sophie.

– Enchantée, je m'appelle Bibi. Et vous êtes… ?

Elle a donc été obligée de me les présenter.

– Messieurs Franklin et Mukherjee de Cooperture, et Ian Philips, éminent professeur de grec ancien au département des lettres classiques.

J'ai serré les mains de toute la clique.

– Alors, Sophie, qu'est-ce qui t'amène ? m'a interrogée le professeur Philips d'une voix douce et grave. Ta mère a l'air surprise de te voir.

– Je rentrais de l'école avec mon amie Gemma.

– Vous passez toujours par ici ?

– Absolument pas, est intervenue maman. Le problème avec Sophie, c'est qu'elle est aussi traîtresse que Judas. On ne sait jamais ce qu'elle mijote. Pourquoi es-tu en chaussettes ?

– J'ai laissé mes rollers dehors, sous la surveillance de Gemma.

Tandis qu'elle jetait un regard courroucé au trou d'où sortait un de mes orteils, j'ai inspecté la table. Entre les tasses de thé et les parts de gâteau, il y avait des feuilles de papier couvertes de mots compliqués et de nombres à plusieurs zéros.

Le professeur Philips a toussoté, et maman m'a ordonné :

– Rentre à la maison. Nous sommes en pleine réunion.

– S'il te plaît, je peux aller voir la répétition de Gemma pour le *Lac des cygnes* à 6 heures, hein, dis, s'il te plaît ?

Les sourcils de ma mère m'ont répondu que non. Mais devant les réactions amusées de son entourage, elle a fini par grommeler :

– Bon, d'accord. Où est-ce ?

– À l'auditorium de West Road !

– Comment comptes-tu y aller ?

– Avec Gemma, à fond les ballons et sans adresser la parole à qui que ce soit !

– Et pour le retour ?

– Papa viendra me chercher !

Après avoir levé les yeux au ciel et poussé un dernier soupir, elle m'a laissée partir, ce qui lui a valu ma reconnaissance éternelle.

– Alors ? m'a demandé Gemma tandis que j'enfilais mes rollers pour la troisième fois de la journée.

– La cata. Je suis tombée sur ma mère.

Gemma a frissonné de la tête aux pieds. Elle a très peur de ma mère. Moi aussi, avant, mais depuis quelque temps les rôles se sont inversés.

– Eh bien moi, a-t-elle déclaré en rajustant sa cravate, j'ai du nouveau. Tu ne devineras jamais ce que j'ai trouvé par terre.

– J'ai droit à combien d'essais ?

– Trois.

– Un cochon de lait ?

– Non.

– Une météorite fumante ?

– Non.

– Les joyaux de la Couronne ?

– Presque. Regarde.

J'ai baissé les yeux vers sa main sur laquelle trônait un billet de cinq livres tout froissé.

– La chance ! me suis-je exclamée. Qu'est-ce que tu vas en faire ? Bien sûr, il est à toi, tu n'es pas obligée de le partager.

– N'importe quoi, a-t-elle répliqué (à mon grand soulagement). Si tu ne m'avais pas demandé de t'attendre, je ne me serais pas ennuyée et je n'aurais pas regardé par terre. Viens, on va chez le marchand de bonbons se payer un paquet de ficelles qui piquent à la mandarine.

Nous avons pris notre élan, dépassé un groupe de touristes, contourné une pousseuse de pous-  sette, échappé de peu à une collision avec un vélo et slalomé autour d'un vieux monsieur en fauteuil roulant à la voix de robot.

– Sophie Margaret Catriona Scott !

Les parents ! Je vous jure !

J'ai freiné sans grande conviction.

– Que diable fais-tu toute seule dans la rue ?

– Bon après-midi, très cher père. Quelle magnifique coïncidence ! C'est le Tout-Puissant qui a dû guider mes pas vers toi. Mais je ne suis pas seule : Gemma m'accompagne.

Il a regardé autour de lui sans la voir, car elle s'était cachée derrière un étudiant obèse.

Elle est également terrifiée par mon père.

– Là, ai-je insisté jusqu'à ce qu'elle se montre, toute penaude. Gemma ayant décroché le premier prix à la loterie du trottoir, nous allions acheter des ficelles qui piquent à la mandarine.

– Hors de question. Maman sait que tu es là ?

– « Maman », c'est-à-dire ta mère, ou la mienne ?

– À ton avis ?

– Et quand tu dis « là », c'est là, juste ici, ou là, à Cambridge ?

– À ton avis ? Bon, Sophie, je n'ai pas le temps pour tes bêtises. Et comme je doute fort que maman – ta mère, le professeur Scott – apprécie de vous voir traîner dans le centre-ville comme des enfants des rues…

– Hé !

– … vous allez toutes les deux m'accompagner à mon rendez-vous avec le révérend Pan.

– Peter ?

– Assez !

Ce « assez » était assez catégorique pour que nous lui emboîtions le pas en silence. Il a poussé la porte vitrée d'une église transformée en café et nous a fait asseoir à une table.

Nos palais seraient donc privés ce jour-là de la délicieuse acidité des ficelles à la mandarine. Tandis que nous fusillions mon père du regard, il nous a demandé :

– Qu'est-ce que vous voulez ?

– Une guitare électrique.

– Un whisky.

– Bonté divine ! a-t-il éructé en se dirigeant vers le comptoir. Deux verres de jus d'orange pressée et un cappuccino, s'il vous plaît. Oh, bonjour, Frederick.

Le révérend Frederick – et non pas Peter – Pan venait de faire son entrée. Comme mon père, il était vêtu de noir.

Contrairement à mon père, il avait encore tous ses cheveux et aucune ride.

Et toujours contrairement à mon père, il ne semblait pas en colère. Non, il était plutôt affolé.

– Ma fille Sophie et son amie Gemma, a grommelé papa en s'installant à la table d'à côté. Les filles, je vous présente le révérend Pan, de Trinity College.

J'ai posé mon jus d'orange le temps de le saluer.

– Comment allez-vous ? Je m'appelle Bibi.

– Et moi, Gemma, a dit Gemma. Ravie de faire votre connaissance.

– Occupez-vous de vos devoirs, nous a ordonné papa.

Nous avons sorti nos livres et nos cahiers, puis Gemma s'est penchée sur les mystères du théorème de Pythagore dans l'espoir de résoudre ses exercices de maths.

– Papa chéri, pourrais-je t'emprunter un stylo ?

– Tu n'en as pas dans ta trousse ?

– Si, effectivement, mais elle contient aussi une sauterelle. Elle va sauter partout si je l'ouvre.

Papa a poussé un très gros soupir et extirpé un stylo-plume hors de prix de la poche de sa chemise. Puis il m'a prévenue :

– Maintenant, plus un mot.

Je ne pouvais tout de même pas gâcher l'encre d'un aussi beau stylo sur des problèmes de géométrie. À la place, j'ai donc rédigé un poème désespérément sombre sur l'absence de Jeremy Hopkins et le possible emprisonne-ment de Jenna Jenkins dans une grotte infes-tée de rats. C'était tellement poignant que j'en avais la chair de poule.

Pendant qu'une partie de mon cerveau jouait les poètes, l'autre espionnait la conversation entre mon père et le révérend Pan. Encore un exemple de ce que l'on peut faire quand on dispose de plus ou moins autant de neurones qu'il y a d'étoiles dans l'univers.

– Que se passe-t-il, Frederick ? a chuchoté papa. Votre message m'a inquiété. C'est grave ?

– Oui, très grave, bien que je n'aie pas assez d'éléments pour être en mesure d'intervenir. Il s'agit de…

Il a tourné la tête vers nous, alors j'ai pris mon air de « Je suis perdue dans un monde très très loin d'ici ». Il parlait si bas qu'à force de tendre l'oreille, j'en attrapais des crampes à l'étrier (qui est l'os le plus petit du corps humain et se situe derrière le tympan).

— J'ai des preuves… a-t-il soufflé. Enfin, un témoignage. Une étudiante a surpris des activités illégales dans son département.

— Quelle étudiante ?

— Je ne peux pas vous le dire.

— Voyons, Frederick, les circonstances justifient…

— Ce n'est pas que je ne veux pas. Mais je ne connais pas son nom.

Nouveau coup d'œil dans ma direction (ai-je vraiment l'air plus louche que Gemma ?). J'ai fait mine de contempler l'horrible tableau abstrait qui ornait le mur. On aurait dit du vomi de Smarties étalé sur une toile.

— Voyez-vous, a repris le révérend, j'ai créé un forum Internet intitulé : « À votre écoute ». Chaque soir, les membres de l'université peuvent m'y consulter de façon anonyme. Hier, une certaine Tsarina, un pseudonyme évidemment, s'est confiée à moi. Tout ce que je sais, c'est qu'il s'agit d'une étudiante – elle a refusé de me donner son nom – et qu'elle a surpris quelque chose d'illégal dans son département. Quelque chose qui pourrait avoir des répercussions sur l'ensemble de l'université. Mais alors qu'elle s'apprêtait à me donner des détails, la connexion Internet a été coupée, et je n'ai pas réussi à rétablir le contact.

J'avais l'impression de voir un rêve amusant se transformer en cauchemar. Jenna Jenkins, ai-je songé. C'était forcément elle. Mais la veille au soir, elle manquait déjà à l'appel…

– Jenna Jenkins, a murmuré papa comme s'il lisait dans mes pensées. Vous êtes au courant… ?

– Non, ce n'était pas elle, a répondu le révérend Pan en secouant la tête. Je la connais – elle m'a déjà interviewé pour son magazine. Et comme j'avais entendu parler de sa disparition, j'ai aussitôt fait le rapprochement. Mais c'est impossible.

– Comment pouvez-vous en être sûr ?

– Jenna est dyslexique. Elle l'a mentionné plusieurs fois car ce n'est pas évident quand on veut devenir journaliste. Alors que la jeune fille qui m'a contacté sur Internet avait une orthographe impeccable.

Papa ne semblait pas convaincu, comme s'il ne voyait pas ce qui empêchait une dyslexique de se faire passer pour une championne de dictée.

— Eh bien, Frederick, je crois qu'il est temps de transmettre ces informations à la police. Ils n'auront qu'à remonter jusqu'à son ordinateur depuis le vôtre et…

— Je ne demande que ça, a répliqué l'autre avec un rire amer. Sauf que je n'ai plus d'ordinateur. On me l'a volé ce matin.

4

Papa a bien voulu nous laisser aller seules à l'auditorium de West Road. À mon avis, c'est uniquement parce qu'il tient Gemma en haute estime.

– Sophie, je viendrai te chercher à 19 h 30.

– Oui, chef !

– Tu vas réellement assister à cette répétition, n'est-ce pas ? Tu n'as pas l'intention de t'enfuir ?

– Non, chef !

Il a levé les yeux au ciel l'air de dire « Seigneur, donne-moi la force de supporter tout ça », m'a embrassée sur le front et est reparti vers la maison. Gemma a déplié sa trottinette et nous avons filé vers le centre-ville.

– Qu'est-ce que c'est que cette histoire ? m'a-t-elle demandé d'une voix rendue tremblotante par les pavés. Des activités illégales ? De quel genre ?

– Tu as tout écouté !

– Évidemment !

– Moi aussi ! On n'est pas copines pour rien. Le révérend n'a pas dit grand-chose, à part que la fille s'appelait Tsarina. Tsarina… je me demande ce que ça peut bien signifier…

– À part que c'est une princesse russe, je ne vois pas.

– Une princesse russe ?

– Oui, une tsarine. La fille d'un tsar, quoi.

– Et comment tu sais ça ?

– Je suis incollable sur les familles royales.

Ça ne m'a pas étonnée ; n'oubliez pas qu'elle porte des boucles d'oreilles en perle.

– D'accord. Donc une princesse russe a surpris un genre de trafic à l'université ?

– Non. Il n'y a plus de tsarine. Les Russes ont tué tous les tsars il y a longtemps. Une vraie tragédie.

– Bizarre, bizarre. Et si cette princesse pas vraiment russe avait découvert quelque chose sur la disparition de Jenna Jenkins ?

– Il n'y a aucune raison pour que les deux affaires soient liées.

– Pourtant, mon radar de détective s'affole.

– C'est quoi, un radar de détective ?

– Une sorte de sixième sens qui détecte la moindre trace de magouille ou de scandale. Tu le saurais si tu en avais un.

J'ai plissé les yeux dans l'espoir d'améliorer la réception du signal (en vain).

– Tant mieux, s'est moquée Gemma. Parce qu'apparemment, ça donne l'air complètement idiot.

Alors j'ai coupé mon radar et nous sommes arrivées devant l'auditorium de West Road, d'où s'échappaient des sons très désagréables. J'ai retiré mes rollers, enfilé mes chaussures et suivi Gemma dans le temple des tutus. Sa trottinette repliée tintait mélodieusement contre ses épaules.

Deux musiciens, un garçon et une fille encombrés d'énormes étuis, discutaient dans un coin.

Trois autres étaient accoudés au bar.

– Bon, ai-je glissé à Gemma. À toi de jouer. Va les interroger au sujet de Jenna Jenkins.

– Oh non ! Tu ne peux pas t'en charger ?

– Non, parce que les gens me soupçonnent toujours de mijoter un truc. Alors que toi, si les frigos n'existaient pas, ils te confieraient sans hésitation leur glace à la fraise. Allez, courage… je vais me faire passer pour ta correspondante étrangère.

Gemma tremblait comme une feuille mais, après un petit coup de coude dans les côtes, elle a bondi en avant et atterri près des porteurs d'étuis.

– Salut, a-t-elle marmonné. Ça roule ?

– T'es qui, toi ? a répondu le garçon d'un ton aussi dégoûté que si on lui avait demandé d'embrasser un crapaud.

– Gemma. Je joue du violoncelle dans l'orchestre. Et elle, c'est ma correspondante, Bibi… euh, je veux dire… Mimi.

– Mimi ?

– Oui. Elle est japonaise.

Ils m'ont dévisagée d'un air incrédule, ce qu'on pouvait difficilement leur reprocher. Ce n'est pas demain la veille que Gemma me volera le titre de détective à rollers numéro un de Cambridge.

– Bref, a repris Gemma, moi et elle, enfin, elle et moi, on se demandait si par hasard vous saviez où se trouve Jenna Jenkins.

– Pourquoi ?

– Parce que, a-t-elle bredouillé, parce que... Mimi voudrait... euh... l'inviter au Japon... pour qu'elle danse... au bal de Noël de l'Empereur.

J'ai roulé des yeux tellement fort que j'ai réussi à apercevoir mon cerveau.

– Ok, je crois que j'ai compris, est intervenue la fille. Vous avez appris sa disparition, et vous avez décidé de jouer les détectives. C'est ça ?

– Oui, a avoué Gemma.

– *Ie* ! ai-je protesté, ce qui veut dire « non » en japonais, mais personne n'avait l'air de le savoir.

– Eh bien, ce n'est pas la peine de perdre votre temps. Jenna a quitté Cambridge de son plein gré, on en est tous persuadés. Trop de pression, trop de compétition. Il n'y a rien de mystérieux là-dessous.

– Qui va la remplacer ? lui a demandé Gemma.

– Sa doublure, Stacy Vance. Elle est là pour ça.

– Shauna, on ferait bien d'y aller, est intervenu le garçon. Et toi aussi... Gemma, si tu t'appelles bien comme ça. C'est l'heure.

Oubliant que j'étais japonaise, je me suis écriée :

– Minute ! Dites-m'en plus sur cette Stacy Vance. A-t-elle des penchants meurtriers ?

La fille a éclaté de rire.

– Tu as tout faux, ma jolie. Stacy est la meilleure amie de Jenna. Elle est bouleversée par sa disparition et a passé le week-end à la chercher.

Sur ces mots, ils ont rejoint les coulisses.

★   ★   ★

J'ai fait les cent pas pendant quelque temps en me demandant si Stacy Vance pouvait avoir découpé Jenna Jenkins en petits cubes et l'avoir noyée dans la rivière pour lui voler sa place. Puis je me suis dirigée vers l'immense salle de concert.

Des grincements de violons et de violoncelles s'élevaient de la fosse d'orchestre. Je déteste ces instruments. Ils me donnent l'impression qu'on me découpe le crâne avec une scie. Bien sûr, je ne l'ai jamais dit à Gemma. Assise dans la fosse, elle frottait justement son archet sur ses cordes comme tous les autres.

Elle m'a décoché un clin d'œil et, à défaut de savoir en faire, je lui ai répondu en papillonnant des deux yeux.

– Qu'est-ce que tu fais là, jeune fille ? a lancé une voix dans mon dos.

Elle appartenait à un étudiant à peine plus grand que moi. Il portait un nœud papillon et son visage me paraissait vaguement familier.

– Je suis une amie de Gemma Sarland.

– Qui ça ?

– La fille qui porte des boucles d'oreilles en perle et une culotte Mickey-Minnie.

– Hein ? Où ?

– Là. Mais puisque tu ne peux pas voir à travers sa jupe, tu devras me croire sur parole.

– Et toi, qui es-tu ?

– Je m'appelle Bibi. À qui ai-je l'honneur ?

– Edwin. Je suis le metteur en scène. (Il m'a dévisagée d'un air insistant, comme s'il essayait de lire dans mes pensées.) Va t'asseoir. Ça va commencer.

Sur ces mots, il a suivi son propre conseil puis a ouvert un ordinateur portable. Je me suis installée quelques rangs plus haut en grimaçant à cause des accords cacophoniques qui montaient de la fosse. Au bout d'un moment, comme ça ne s'arrêtait pas, j'ai fini par comprendre que c'était l'ouverture du ballet. Une dizaine de ballerines sont entrées en scène d'une démarche si délicate qu'on aurait cru entendre un bricoleur fou planter violemment des clous dans un tambour. Après tout un tas de ce qui devait être des grands jetés et des entrechats, une nouvelle danseuse s'est avancée sur la pointe des pieds – Stacy Vance. Elle imitait si bien le cygne que je n'aurais pas été surprise de la voir s'envoler.

Au bout de dix minutes de ce remue-ménage froufroutant, j'ai commencé à me lasser. Les tourbillons de tutus, ça va un moment. Je me suis donc levée et j'ai flotté jusqu'aux coulisses telle une plume.

Coïncidence extraordinaire, elles étaient justement pleines de plumes collées sur de grandes ailes.

Tandis que je m'interrogeais sur l'utilité de ces horreurs, j'ai entendu revenir le bricoleur au tambour. J'ai plongé derrière un vieux piano afin d'observer discrètement les lieux. L'armée des ballerines a franchi le rideau qui masquait le fond de la scène. Tour à tour, elles ont attrapé une paire d'ailes, les ont enfilées et se sont lissé les plumes comme une bande de perroquets coquets.

– Alors, tu l'as trouvée comment ? a demandé l'une d'elles à sa voisine.

– Qui ?

– Stacy, bien sûr !

– Elle s'en sort pas mal.

La première a acquiescé en regardant ses camarades s'ébouriffer mutuellement les plumes.

– Qu'est-ce qui est arrivé à Jen ? Tout le monde fait comme si de rien n'était. Son absence n'a pas l'air de les inquiéter.

– Tu sais, Kim, Jen n'est pas très solide. Tu n'es pas au courant parce que tu viens d'arriver, mais c'est bien son genre de baisser les bras.

– Ah bon ? Elle avait pourtant l'air assez sûre d'elle.

– Elle cachait bien son jeu. Au fond, c'est une vraie boule de nerfs. Elle n'a pas dû supporter la pression. Ce rôle, ses examens, *Scoop*... pas étonnant qu'elle ait craqué.

Kim semblait dubitative, mais tout à coup la musique a changé et elles sont reparties en virevoltant comme des anges maigrichons. Soulagée, je me suis laissée aller contre l'arrière du piano. Et c'est à ce moment-là que je me suis aperçue que je n'étais pas seule.

– Bonjour, a fait mon voisin. Je suis Jeremy Hopkins.

Je lui ai serré la main.

– Enchantée. Moi, c'est Bibi Scott. Tu viens souvent par ici ?

– C'est la première fois, et je suis très déçu. Le service laisse vraiment à désirer.

– Ça tombe très bien que tu sois là. J'ai quelques questions à te poser. De quoi Jenna Jenkins et toi deviez-vous discuter lors du rendez-vous *Chez Tata* où elle n'est jamais venue ?

– Une minute... de quoi parles-tu ? D'où connais-tu Jenna Jenkins ?

– Si tu réponds à mes questions par d'autres questions, ça ne marchera jamais. La règle de base d'un dialogue, c'est d'alterner questions et réponses.

– Bien vu, petite futée. Je vais donc répondre à tes questions. Jen et moi devions nous retrouver *Chez Tata* vendredi après-midi pour discuter de *Scoop*. Elle a disparu ce matin-là.

– Elle voulait te demander d'enquêter sur quelque chose. C'était quoi ?

– Aucune idée. On n'entre jamais dans les détails par écrit, seulement de vive voix. Elle m'avait simplement prévenu que c'était du sérieux.

– Mais d'après toi, c'était quel genre d'affaire ?

Il a frotté son pouce contre son index.

– Une histoire d'argent, comme toujours. Et toi, qu'est-ce qui t'amène ici ?

– J'enquête également sur la disparition mystérieuse de Jenna Jenkins.

– Formidable. Comparons nos notes.

Et il a dégainé un petit carnet. Je me suis sentie très peu professionnelle.

– Tout est dans ma tête, ai-je répliqué. (Je ne mentais pas – ma tête vaut tous les carnets du monde, parce que je ne risque pas de la perdre.) Alors, qu'as-tu découvert ?

– Je t'ai déjà quasiment tout dit. Edwin est la dernière personne à qui elle ait parlé. Il lui a téléphoné vendredi pour un problème de costumes. À ton tour ; qu'est-ce que tu as ?

J'étais un peu gênée, car mes résultats étaient plus ou moins équivalents à zéro. Bien sûr, j'avais eu le temps d'imaginer plusieurs scénarios palpitants dans lesquels Jenna finissait découpée en morceaux, sans parler de l'affaire de la Tsarine qui causait des interférences sur mon radar, mais ça ne suffirait pas à convaincre un enquêteur en chef aussi expérimenté que Jeremy Hopkins. Alors j'ai juste murmuré :

– Eh bien…

Et je me suis tue.

– Je vois. Bon, écoute. Je trouve que personne ne prend sa disparition au sérieux. Tout le monde a l'air de croire qu'elle est partie volontairement, alors que ce n'est pas son genre. Je la connais bien, il faut du cran pour diriger *Scoop*. À mon avis, on l'a obligée à s'éclipser. Ou pire.

71

– On la retrouvera, morte ou vive ! ai-je promis avec ferveur.

– Sais-tu au moins à quoi elle ressemble ?

J'ai bien dû admettre que non, et il a sorti une photo de sa poche. Malgré l'éclairage insuffisant, on y distinguait une jeune fille aussi frêle qu'un oiseau, vêtue de couleurs vives et entourée d'une montagne de cadeaux – dont un ours en peluche bleu, une bouteille du même parfum que ma mère et une paire de chaussons de danse.

– C'était son anniversaire.

Le bruit de marteau a recommencé, et la bande des tutus a refait son entrée.

En quelques secondes, les filles ont jeté leurs ailes sur le sol, faisant s'envoler une pile de brochures. L'une d'elle est venue se poser à côté de moi.

– C'est quoi ?

– L'ancien programme, m'a informée Jeremy. Ils l'ont réimprimé en supprimant le nom de Jenna.

Sur la couverture en papier glacé, il y avait un grand C vert et blanc entouré d'un cercle – sans doute pour Cambridge – ainsi que le titre *Le Lac des cygnes* dans une police tarabiscotée.

Je l'ai ouvert. La biographie de Jenna Jenkins occupait une demi-page. Elle ne contenait rien que je ne sache déjà. À côté, j'ai découvert un portrait prétentieux du metteur en scène réalisé par un photographe professionnel, assorti d'une légende en lettres énormes :

EDWIN FRANKLIN, ÉTUDIANT DE TROISIÈME ANNÉE EN LETTRES CLASSIQUES, TRINITY COLLEGE.

Venait ensuite un long texte répertoriant ses exploits. J'ai survolé les dernières pages. Le nom de Gemma apparaissait parmi ceux d'une centaine d'autres musiciens.

– Bref, a repris Jeremy, je suis venu ici pour écouter ce que les filles se racontaient en coulisses, mais elles ne font que se jeter des fleurs. Je crois que la disparition de Jenna n'a rien à voir avec la danse. C'est plus grave que ça. (Côté scène, la musique s'est tue.) Vite, sortons d'ici avant que le bataillon à froufrous ne débarque.

Nous nous sommes levés d'un bond et avons rejoint le hall en clignant des yeux. Dès que les miens se sont réhabitués à la lumière, ils se sont posés sur un révérend stupéfait.

– Oh non, ai-je soupiré.

– Sophie ! Pourquoi n'étais-tu pas dans la salle ?

– Je visitais, papa. Les ballets sont beaucoup plus intéressants depuis les coulisses.

– Qui est ce jeune homme ? a-t-il continué d'un ton qui signifiait : « Qui est ce vaurien ? »

– Jeremy Hopkins, l'ai-je informé obligeamment.

– Et que diable faisait-il avec toi ?

Mon excuse était tellement géniale que Jeremy me l'a piquée.

– Je visitais. Les ballets sont beaucoup plus intéressants depuis les coulisses.

Papa l'a foudroyé du regard une bonne centaine de fois.

– Que voulez-vous à ma fille ?

– J'ignorais qu'il s'agissait de votre fille.

Cette réponse n'a pas semblé satisfaire mon pieux papa, dont les narines se dilataient comme celles d'un buffle en colère.

– Très bien. Rentrons à la maison.

– Papa papa papa, j'ai une question urgente.

– Quoi ?

– Est-ce que la cane enceinte est toujours dans le jardin ? Je m'inquiète, parce que si Peter Mortimer la voit, ça va être la Troisième Guerre mondiale.

Jeremy Hopkins a gloussé, papa lui a encore jeté quelques regards assassins, puis il m'a ébouriffé les cheveux.

– Oui, ma chérie, elle est toujours là, mais j'ai pensé à toi et je me suis renseigné sur Internet. Apparemment, elle doit être en train de chercher un endroit où pondre ses œufs. Demain, j'irai la déposer à Emmanuel College, où il y a une mare et où les chats sont interdits.

– Oh, papa ! Je suis si fière de toi ! Et je parie que Dieu aussi. Il ne te connaissait sûrement pas ce talent de déménageur d'oiseaux. Si ça se trouve, c'est ta nouvelle vocation !

– Oui, bon, allons-y.

– Salut, Jeremy !

– Salut, Bibi !

Et nous sommes rentrés dans la nuit étoilée.

5

Le mardi matin a débarqué sans ména-gement en braquant un rayon de soleil dans mes yeux entrouverts. Autour du jardin baigné de lumière, flèches et gargouilles étaient d'une blancheur éblouissante. Peter Mortimer, aplati comme une peau d'ours sur le balcon de ma chambre, ronronnait aussi fort qu'un moteur diesel.

– Aujourd'hui, je retrouve Jenna Jenkins, ai-je promis à l'univers.

Mais avant, il fallait que je m'habille pour aller à l'école. Et pendant que j'enfilais une chaussette, Peter Mortimer a bondi et kid-nappé la deuxième.

– Peter Mortimer ! Rends-moi ça, espèce de vilain vélociraptor !

Mais le voleur a filé dans l'escalier.

Une seconde plus tard, il entrait dans le bureau de maman et allait se terrer sous un meuble avec l'indispensable chaussette.

– Fourbe félin ! Je te ferai pendre haut et court !

Se sachant sous la protection de Dieu et de la Société Anglaise des Amateurs de Chats, Peter Mortimer n'a pas bougé d'un poil. J'ai dû me mettre à quatre pattes pour déloger le monstre crachotant de sa tanière. Quand j'y suis enfin parvenue, je saignais de tous les côtés, telle une bouillotte ayant passé la nuit dans le lit d'un hérisson.

Puis, comme j'étais dans le bureau de ma mère et que ça ne m'arrive pas souvent, j'ai décidé d'en profiter pour jeter un œil.

★   ★   ★

– Meilleure maman du monde, reine de toutes les mamans, ô sublime incarnation de la maternité ?

– Qu'est-ce que tu as encore fait ?

– Eh bien, mon admirable maman, sache que c'était un accident. J'ai dérapé sur un sol traîtreusement glissant, et j'ai atterri dans ton bureau, mes cheveux se sont accrochés à la poignée du tiroir du milieu, qui s'est ouvert, et un soudain coup de vent a soulevé une feuille de papier…

— Pour l'amour du ciel, Sophie ! Je t'ai déjà dit de ne pas fourrer ton nez partout.

— Je ne l'ai fourré nulle part, regarde : il est toujours au milieu de ma figure.

— Tu sais ce qui arrive aux curieuses ?

— On n'est pas chez Barbe-Bleue. Bref, comme je te le disais, un petit papier rectangulaire est venu se poser sur ma main et, malgré tous mes efforts, je n'ai pas pu m'empêcher de remarquer…

— Cesse de tourner autour du pot. Tu as trouvé le chèque. Et alors ?

— Six cent mille livres, maman ! Six cent mille livres ! Ça fait combien de paquets de caramels au beurre salé ? Je n'arrive pas à me le représenter ! Même en fermant les yeux et en fronçant les sourcils comme ça – tu vois un peu comme je les fronce ?

– comme ça – même là, je n'arrive toujours pas à l'imaginer dans ma tête.

– Tant mieux, parce que je ne tiens pas à ce que ma fille de onze ans soit à l'aise avec de telles sommes. Où est ta deuxième chaussette ?

– Mais qui t'a donné tout cet argent ?

Maman a poussé un soupir et ajouté quelques morceaux de sucre dans son thé.

– Il n'est pas à moi, tête de linotte. C'est pour Christ's College. Il va nous permettre d'acheter de nouveaux livres et de réduire les frais d'inscription des étudiants. Il s'agit d'un don de Cooperture.

– Un don ? Pourquoi ?

– C'est une pratique très courante, mademoiselle la curieuse. Quand tu as fait irruption *Chez Tata* l'autre jour, tu as interrompu une réunion très importante avec le président et le vice-président de Cooperture que le professeur Philips venait de me présenter. Par chance, ils n'ont pas été trop effrayés par l'état déplorable de tes chaussettes, car ils ont fait de généreuses donations à dix *colleges* différents, dont le nôtre. Et il y en aura peut-être d'autres. Certes, c'est un beau montant, mais il n'y a pas de quoi pousser les hauts cris.

– Pourquoi est-ce qu'ils distribuent leur argent ? Ils en ont trop ?

Les sourcils de maman ont pris un air concentré, comme si elle s'apprêtait à expliquer un concept compliqué à un jeune enfant. Elle m'a caressé la main.

– Non, ma chérie. C'est une question de visibilité. Toutes les grandes sociétés ont recours à ce procédé. En échange, Cooperture nous a demandé d'installer un logiciel sur notre explorateur Internet. Désormais, chaque fois qu'un étudiant se connectera depuis le *college*, il verra s'afficher le nom de « Cooperture » en haut de l'écran. Voilà.

– C'est pour inciter les gens à acheter leurs produits ?

– Non, ils n'ont rien à vendre. Cooperture est une agence de marketing qui fait la promotion d'autres entreprises et les aide à augmenter leur chiffre d'affaires grâce à des annonces publicitaires. Enfin, tout ça, ce sont des histoires d'adultes.

– Mais à quoi ça leur sert, alors, d'être plus visibles ?

– L'idée, c'est que… certains étudiants finiront peut-être par postuler chez eux.

– Dans ce cas, ils devront encore dépenser de l'argent pour leurs salaires !

– Oui, mais avec le temps, ces nouvelles recrues pourraient leur en rapporter.

J'ai secoué la tête.

– Je ne comprends pas. Ça ne tient pas debout ! Ils dépensent tout cet argent dans l'espoir que, dans dix ans, un étudiant de Christ's College leur en rapporte un peu ?

Maman m'a lâché la main en riant.

– Oh, Sophie ! En quoi est-ce que ça te regarde ? Ne t'inquiète pas pour Cooperture, ils ne manquent ni de calculatrices ni d'employés capables de s'en servir. S'ils ont décidé de faire un tel investissement, c'est qu'il est rentable.

– Mais maman, tu ne trouves pas bizarre que...

– Où est ta deuxième chaussette ? On part dans cinq minutes !

– La police a-t-elle eu des nouvelles de Jenna Jenkins ?

– Non, toujours pas ! Quand te mêleras-tu enfin de tes affaires ? Va t'habiller, maintenant, sinon...

Alors je suis allée m'habiller, parce que dans la bouche de ma mère, le mot « sinon » n'augure jamais rien de bon.

★ ★ ★

J'ai retrouvé Toby et Gemma devant les colonnes blanches du Fitzwilliam Museum.

M. Halitose avait décidé que nous y passerions la matinée car, trois semaines plus tôt, Stephanie Paulson avait décrété que l'art, c'était bon pour les vieux types poussiéreux dans son genre. Stephie exagérait : il n'est pas poussiéreux mais couvert de pellicules. Et beaucoup moins vieux que ses costumes.

– Gemma, ai-je lancé en arrivant, désolée d'être partie sans te dire au revoir hier soir. Mon père m'a embarquée de force.

– Pas de problème. De toute façon, on a dû rester des heures après la répète pour rencontrer le père d'Edwin.

– Le père d'Edwin ?

– Apparemment, c'est lui qui l'aide à financer le spectacle. Il voulait sans doute vérifier qu'on ne s'était pas acheté des couronnes de diamants et des voitures de course avec son argent. Tu as trouvé des indices intéressants ?

– Plein ! Mais sans aucun rapport les uns avec les autres, ni avec Jenna Jenkins. J'ai l'impression que la vie m'envoie dans toutes les directions en même temps !

– Un problème que nous connaissons tous, a murmuré M. Halitose derrière nous.

Son souffle a empoisonné une malheureuse mouche qui passait par là et qui s'est écrasée sur le sol dans un ultime bourdonnement.

– Maintenant, silence, les enfants. Nous allons entrer dans le musée. Solal, ne colle pas ta crotte de nez sur cette sculpture.

Émeraude, pourquoi pleures-tu ? Comment ça, elle t'a volé tes cheveux ? Ils sont toujours là, voyons. Ah non, tu as raison, il en manque une mèche… Dani, ce n'est pas très gentil. Regardez, les enfants ! Voici une authentique statue grecque. Qu'est-ce qui te faire rire, Benjamin ? Oui, je sais, ça paraît tout petit, mais à l'époque, c'était considéré à juste titre comme une preuve de virilité.

Tandis que les autres se pressaient autour des statues qui ressemblaient à des blocs de sucre, Gemma, Toby et moi sommes restés à l'écart pour conspirer.

– J'ai trouvé quelque chose sur Internet, nous a informées Toby. Dans une interview pour *L'Étudiant de Cambridge*, Jenna Jenkins parle de son petit frère handicapé. Elle rêve d'une belle carrière pour lui offrir les meilleurs soins.

– Intéressant, ai-je répondu, mais sans aucun rapport avec sa disparition.

– Ça nous sera utile pour établir son profil psychologique, a souligné Gemma. Mais il faut que nous sachions ce qu'elle a découvert. C'est le seul moyen de comprendre ce qui lui est arrivé.

– Alors, les enfants, on admire l'art grec ? a susurré une voix au-dessus de nos têtes. Mademoiselle Scott, je crois que nous nous sommes déjà rencontrés.

Moustache noire et lunettes sans monture. D'habitude, mon cerveau expédie les visages des « copains » de mes parents dans la benne à ordures de ma mémoire. Mais comme j'avais vu celui-là la veille, je me suis souvenue qu'il s'agissait du professeur Philips.

– Bonjour, respectable professeur de grec, l'ai-je salué aimablement (c'est-à-dire en essayant d'imiter Gemma). Qu'est-ce qui vous amène par cette belle journée ensoleillée ? Voici mes amis, Toby et Gemma.

Malheureusement, Toby était en train de nous montrer la technique de karaté qu'il comptait utiliser sur le ravisseur de Jenna Jenkins. Le professeur Philips s'est retourné et a fait connaissance avec son pied au niveau du ventre.

– Oumf ! a oumfé le professeur.

– Oh oh, je vais avoir des problèmes, a prédit Toby.

À cet instant, il s'est mis à pleuvoir des enveloppes comme dans la scène légendaire au début de *Harry Potter*, sauf qu'elles ne sortaient pas de la cheminée mais de la sacoche en cuir du professeur Philips, qui s'était ouverte sous le choc.

– Je suis désolé, s'est excusé Toby, mon pied vous a pris pour un kidnappeur.

Le professeur a craché quelques mots que j'ai supposé être grecs et qui ne semblaient pas très polis. Il a épousseté sa chemise écrue, au milieu de laquelle était imprimé le motif de la semelle de Toby, puis il a rassemblé son courrier étalé sur le sol et il a grogné :

– Un kidnappeur ! On aura tout vu ! J'allais simplement à la poste.

– Et vous avez eu envie de faire un petit détour par le musée ? a demandé Gemma.

– Pas du tout, je travaille ici. Mon bureau est au premier étage.

Pendant qu'il tentait de justifier son comportement douteux, je me suis tordu le cou à 90 degrés pour lire l'adresse de l'enveloppe du dessus...

– Oh ! Mais c'est ma mère ! me suis-je écriée.

– En effet, a répondu le professeur. Maintenant, laissez-moi passer, bande de terreurs.

– Attendez, vous n'avez qu'à me la donner ! Je la rangerai dans une petite sacoche et, ce soir, j'enfilerai un gilet jaune, je prendrai mon vélo, je crierai « Facteur ! Facteur ! », je la glisserai dans notre boîte avec plein de prospectus et je m'enfuirai vite pour échapper au chien ! (Même si on n'en a pas, parce que ça vexerait Peter Mortimer.)

– Merci beaucoup, mais non, a refusé sèchement le professeur. Ce courrier ne regarde que ta mère et moi.

– Vous devriez accepter, ça vous économiserait un timbre, lui a fait remarquer Toby.

– Voulez-vous bien me ficher la paix ? a grogné l'érudit.

Et sur ces mots, il est parti.

– C'était qui ? m'a interrogée Gemma. Tu choisis mieux tes amis, d'habitude.

– Il ne fait pas partie des miens, mais de ceux de ma mère.

– Ah, d'accord. Mais pourquoi était-il aussi stressé ? Tu crois que c'était une lettre d'amour ?

– Ça va pas la tête ? Il faudrait vraiment être dingue pour tomber amoureux de ma mère ! Non, je parie que c'est à propos du chèque de l'agence de marketing. Il doit avoir envie de nager dans une piscine d'or comme l'oncle Picsou.

– En tout cas, il n'a pas l'air commode, a commenté Toby. Vous avez vu comment il a pété les plombs alors que mon pied lui a à peine effleuré le ventre ? Oh non, on a perdu les autres ! Dépêchez-vous, sinon monsieur Halitose va nous réduire en purée.

Alors que Toby et Gemma se précipitaient vers la salle voisine, ma chaussure s'est posée sur un corps étranger. J'ai soulevé mon pied, terrifiée à l'idée de découvrir le cadavre d'une toute petite souris, comme la texture pouvait le laisser penser. En fait, c'était une minuscule clé grise accrochée à un pompon. Le professeur Philips avait dû la faire tomber en même temps que ses lettres. Une partie de mon cerveau a songé : « Trouver, c'est garder », et l'autre : « Il faut rendre à César ce qui est à César. »

En temps normal, j'aurais suivi ce conseil, car c'est une phrase de Jésus, dont le père est le patron du mien. Mais quelque chose me disait que César n'avait rien à voir avec tout ça. J'ai donc glissé la clé dans ma poche avant de rejoindre Toby, Gemma, le reste de la classe et M. Halitose, qui était en extase devant un pichet peint.

La suite de la visite s'est déroulée sans problème, jusqu'à ce qu'on déballe les pique-niques préparés par M. Appleyard. Le père de Toby est convaincu qu'un enfant doit consommer quotidiennement davantage de produits laitiers qu'une vache ne peut en produire en un an. Par conséquent, nos sandwichs contenaient à la fois du beurre, du fromage frais et une tranche de mimolette. En dessert, nous avions un yaourt et deux Babybel chacun. Et en boisson, du lait chocolaté.

Gemma a été la première à vomir, ce qu'elle a choisi de faire depuis la plus haute marche de l'escalier de marbre. Ben, qui n'est qu'un sale copieur, l'a imitée six secondes plus tard. Bientôt, l'escalier a ressemblé aux chutes du Niagara, M. Halitose s'est arraché le peu de cheveux qui lui restait et les employés du musée se sont aperçus qu'il n'y avait qu'une seule serpillière dans tout le bâtiment.

– Ne vous inquiétez pas, ai-je rassuré notre professeur. Mon estomac est aussi solide que la tour de Pise. Je vais chercher de quoi nettoyer.

Je n'étais pas sûre qu'il m'ait entendue, mais j'ai couru au pub voisin avant qu'il puisse me dire non. Je connais très bien *L'Ancre marine* ; mon super parrain, Liam, m'y emmène toujours quand il vient à Cambridge. Le patron s'appelle Sam, et son fils, Peter, loue des bateaux juste à côté.

– Peter ! ai-je hurlé en faisant irruption dans la salle. Il faut que tu apportes tout de suite une vingtaine de serpillières au Fitzwilliam Museum ! Tu y trouveras un escalier inondé de vomi, un professeur en train d'éponger et des gardiens complètement paniqués.

Ça n'a pas suffi à le faire bouger.

– Je ne demande qu'à t'aider, Sophie, mais j'attends une livraison de mini-canoës d'une minute à l'autre…

– Je peux m'en occuper. Je surveillerai les alentours tel un suricate devant son terrier, et je montrerai au livreur où les décharger.

Peter a fini par céder. Il n'était pas parti depuis une minute qu'un grand camion blanc se garait devant le pub. Un homme ressemblant un peu à la statue que nous avions admirée avant l'épidémie de vomi en est descendu.

– Salut, a-t-il lancé, tu es la fille du patron ?

– Malheureusement, non. Mes parents sont mille fois moins cool. Je lui donne juste un coup de main pendant qu'il est en mission.

– Je mets ça où ? m'a demandé la statue grecque en soulevant une demi-douzaine de canoës jaunes à bout de bras.

Je l'ai conduit au hangar situé derrière le pub, où il a entassé les embarcations, six pagaies et un lot de gilets de sauvetage.

– Ces vaisseaux m'ont l'air fort vaillants, ai-je déclaré. Ils sont difficiles à manœuvrer ?

– Manœuvrer est un bien grand mot ! Il suffit de s'asseoir dedans et de donner quelques coups de pagaie pour les faire avancer. Mon fils de deux ans y arriverait.

– Si vous le mettez tout seul là-dedans, vous allez avoir des problèmes avec les services sociaux.

– Bon, a conclu ce père irresponsable, je file. Dis à Peter qu'on fera les comptes demain.

J'aurais aimé lui donner un pourboire mais, comme je n'avais qu'un paquet de Mentos sur moi, je me suis contentée d'un signe de la main. Peter est revenu deux minutes plus tard, accompagné d'une odeur de vomi et l'air écœuré.

– Franchement, Bibi, qu'est-ce que je ne ferais pas pour toi !

– Tu es un vrai héros. Tes canoës t'attendent dans le hangar.

Je lui ai serré la main – qui était poisseuse –, et je suis retournée au musée où M. Halitose était en pleine crise de nerfs. Les parents attendaient à l'extérieur pour récupérer leurs enfants pâles et tremblants. Tous se plaignaient d'avoir été dérangés pendant leur journée de travail mais, au fond, ils étaient ravis. Toby se portait évidemment comme un charme – depuis onze ans qu'il mange la cuisine de son père, il est immunisé.

– Joie ! me suis-je écriée. Comme je ne suis pas malade, mes parents ne vont pas débarquer, pour une fois.

– Détrompe-toi, m'a-t-il corrigée. Ton père est juste là.

J'ai découvert avec horreur qu'il disait vrai. Le révérend Scott en personne discutait avec un monsieur en costume à l'autre bout du hall. Je suis allée me planter devant lui.

– Père, tu peux partir sur-le-champ. Je suis en pleine forme et je n'ai besoin d'aucune aide parentale.

– Quoi ?

– Je suis si peu malade que je viens de réceptionner six canoës ainsi qu'un nombre équivalent de pagaies et de gilets de sauvetage.

– Tu es folle ! Où allons-nous les mettre ?

– Ce n'est pas pour nous, mais pour le pub.

– Seigneur ! Que faisais-tu au pub ?

– L'escalier du musée avait un besoin urgent de nettoyage, alors je suis allée leur emprunter des serpillières.

– Je ne comprends pas un mot de ce que tu racontes. Je ne suis pas ici pour toi. Le problème avec Sophie, a-t-il confié à son interlocuteur, c'est qu'elle est aussi égocentrique que Narcisse.

Puis il s'est tourné vers moi et a ajouté :

– Sophie, je te présente le professeur Philips, qui enseigne l'informatique à Trinity College. Nous sommes venus déjeuner au café du musée.

– Le professeur Philips ? Mais il est parti depuis longtemps. Et il n'a pas du tout cette tête-là.

– Ce n'est pas la faute du professeur *Archie* Philips s'il ne ressemble pas à son frère, le professeur *Ian* Philips ! Et on ne montre pas les gens du doigt !

– Il n'y a pas de mal, a déclaré le professeur Archie Philips, frère du professeur Ian Philips, en me serrant la main. Ravi de te rencontrer, jeune fille. Ton père et moi nous connaissons depuis notre jeunesse.

– Ravie de vous rencontrer, vieux monsieur. Mon père et moi nous connaissons depuis ma naissance.

– Sophie, tu peux nous laisser, s'il te plaît ? m'a suppliée papa d'un air épuisé.

Je me suis fait un plaisir de lui obéir.

★   ★   ★

Nous étions huit à avoir survécu à l'intoxication alimentaire. Après nous être félicités pour la résistance à toute épreuve de nos estomacs, nous sommes rentrés à l'école en traînant M. Halitose par la main.

Devant le portail, je me suis écriée :

– Vous vous rendez compte, monsieur Barnes ? Malgré ce torrent de vomi laiteux, on n'a même pas eu la nausée ! Alors qu'il y avait des petits bouts de pain qui flottaient dessus ! Nous pouvons être fiers.

Mais il ne m'écoutait plus : il était trop occupé à vomir dans un buisson, nous assaillant de relents radioactifs à chaque haut-le-cœur.

Comme il aurait été injuste de nous imposer des maths et de l'histoire pendant que les autres se faisaient chouchouter par leurs parents, le directeur a demandé à Mme Appleyard, grande passionnée des animaux, de nous montrer quelques vidéos fascinantes à leur sujet. Nous avons ainsi vu un cruel python engloutir un bulldog, un intrépide guépard courir après une antilope et un incroyable écureuil planer de branche en branche grâce à un petit morceau de peau tendu entre ses bras et ses jambes !

Ensuite, on nous a autorisés à faire la roue dans la cour, sous le regard dépité des autres élèves enfermés en classe et horriblement jaloux de nos estomacs d'acier.

– Regardez ! a dit Toby en lâchant un bateau en papier sur la rivière Cam qui passe en contrebas de notre école. Il va remonter jusqu'à Londres !

– Ça ne risque pas. La Cam ne va pas jusque-là, et elle coule dans l'autre sens.

Les rivières sont parfois très contrariantes. Nous avons salué le navire à l'orée de son long voyage, en espérant qu'il découvrirait des terres inexplorées dignes d'un Christophe Colomb.

Enfin, l'heure est venue de rentrer chez nous, et je me suis aperçue que je n'avais absolument pas avancé dans mes recherches sur Jenna Jenkins.

6

C'est le moment où le fier détective, accablé par l'échec, s'écroule dans son gros fauteuil avec un verre rempli de glaçons.

– Par tous les saints, Sophie ! Qu'est-ce que tu bois ?

– Du jus de pomme *on the rocks*, maman. C'est pour me mettre dans l'ambiance. Tu as vu, quand je fais tourner mon verre, les glaçons tintent. Comme dans les films.

– Ton père vient de me raconter qu'hier il vous a trouvées dans la rue, Gemma et toi. Je croyais t'avoir dit de rentrer directement à la maison.

– Alors, tu as bien parlé de rentrer et de maison, mais à aucun moment tu n'as employé le mot « directement ».

Maman a poussé un gros soupir.

– Je ne savais pas que la crise d'adolescence débutait aussi tôt.

– Chez Sophie, elle a commencé vers deux ans, lui a rappelé mon père.

Ils ont échangé une grimace horrifiée en repensant à cette époque visiblement pénible.

– PAPA !

– Seigneur Dieu ! Qu'est-ce que c'est que ces hurlements de babouin ?

– J'ai complètement oublié de te demander des nouvelles de la cane enceinte !

– Et tu penses que ça intéresse les Australiens ? La cane va bien. Elle s'est fait plein de nouveaux amis à Emmanuel College. Tu es contente ?

Moi, oui, mais Peter Mortimer beaucoup moins. Il venait d'entrer dans la pièce, et j'ai tout de suite senti qu'il était de mauvais poil. On l'avait privé de toutes ses proies. D'abord la chaussette, maintenant la cane. C'était dur. J'ai sorti la clé mystérieuse de ma poche.

– Regarde, mon petit chat minou chéri, ai-je susurré en agitant le pompon sous son nez. C'est presque aussi chouette qu'une cane enceinte !

Il lui a à peine donné un coup de patte avant de me fusiller du regard et de sortir d'un pas lent en me montrant son derrière.

Sous le pompon ébouriffé, une mince bande de papier blanc était apparue. Elle portait le nombre **3901**. Tandis que je réfléchissais à sa possible signification, maman m'a jeté un regard soupçonneux.

– Qu'est-ce que c'est ?

– Rien.

– Si, c'est une clé.

– Le plus intéressant, c'est le pompon.

– Où l'as-tu trouvée ?

– Par terre.

– Où ça, par terre ?

– J'ai oublié.

Maman a levé les yeux au plafond comme si elle rêvait de le voir s'effondrer sur ma tête.

– Tu es vraiment impossible ! Si tu ne remets pas cette clé à sa place d'ici demain, tu le regretteras ! Me suis-je bien fait comprendre ?

– Oui maman.

– Tu t'excuses de l'avoir prise ?

– Oui maman.

– Tu sais ce qui arrive aux voleurs ?

– Ah non, ça, ça ne prend pas ! Je suis trop jeune pour aller en prison. Je suis protégée, comme les espèces en voie d'extinction.

– Va dans ta chambre réfléchir à ton comportement ! m'ont crié papa et maman d'une seule voix, ce qui a confirmé mes soupçons – à savoir qu'ils se sont mariés dans le but de monter un duo comique.

★   ★   ★

Je suis donc allée dans ma chambre réfléchir à mon comportement. Et en y réfléchissant, je me suis rendu compte que j'avais été atrocement vilaine. J'ai donc pleuré des larmes de remords dans mon oreiller en gémissant :

– Hélas ! Que n'ai-je point laissé cette clé à sa place ! Que ne l'ai-je point apportée au bureau des objets trouvés ! Mes parents ont raison : je devrais être jetée aux oubliettes, avec du pain dur pour toute pitance !

(Pitance signifie nourriture.)

Comment pouvais-je me racheter ? Maman avait dit que si je ne rapportais pas la clé d'ici le lendemain, je le regretterais. Qu'entendait-elle exactement par « le lendemain » ? Il était 19 heures. Elle voulait peut-être parler du lendemain soir. Sauf qu'on ne pouvait pas faire attendre le professeur Philips si longtemps. Le lendemain midi, alors ? Mais le professeur risquait d'avoir besoin de sa clé dans la matinée ! Non, il fallait que je la rapporte avant 0 h 01, heure qui marquait le début du lendemain.

C'était la seule interprétation possible.

Ma mère voulait que je sorte de la maison après le dîner et que je restitue la clé à son propriétaire avant les douze coups de minuit.

Entre nous, j'étais un peu surprise qu'elle me laisse retourner au Fitzwilliam Museum toute seule dans le noir. Mais les parents sont de vraies girouettes.

★ ★ ★

– Tu vas déjà au lit ?
– Oui, il est tard.
– Il est à peine 20 h 45 ! Tu es malade ?
– Non, juste très fatiguée. Regarde ! AAAaaah.
– Je ne tiens pas particulièrement à admirer tes amygdales. Bonne nuit, alors.

– Bonne nuit, maman ! Bonne nuit, papa !
Bonne nuit, les fleurs ! Bonne nuit, le lustre !
Bonne nuit, la lune !

– File !

Une fois dans ma chambre, j'ai rassemblé
ma tenue de super-détective, à savoir mon
uniforme et mes rollers – comme je ne sais pas
coudre, je dois me contenter des moyens du
bord. J'ai jeté les rollers par la fenêtre, je suis
descendue le long du tronc d'arbre et je suis
sortie par le portail vert. Puis j'ai traversé la
cour du *college* en priant pour ne pas tomber
sur un odieux chercheur qui avertirait mes
parents de mon escapade. À l'université, c'est
comme ça qu'on appelle les professeurs, bien
que je n'aie toujours pas compris ce qu'ils
cherchent. La plupart d'entre eux considèrent
que je ne devrais pas arpenter le quartier sur
mes huit roues. Ou sur n'importe quel nombre
de roues, en fait, comme on me l'a clairement
signifié lorsque j'ai traversé en monocycle la
fenêtre d'un de leurs bureaux.

Ayant réussi à éviter tous ces tristes person-
nages, je me suis faufilée hors du *college* et j'ai
enfilé mes rollers pour m'élancer dans la nuit
noire.

En réalité, les rues de Cambridge étaient bien éclairées et beaucoup moins effrayantes que ne le prétendaient mes parents. Aucun voyou ni kidnappeur en vue ; je n'ai croisé que des vieilles dames et des étudiants chargés de courses. Un visage m'était d'ailleurs familier.

– Salut, Fiona !

– Oh, joli dérapage, Bibi ! Que fais-tu là ?

– Je suis en pleine enquête. Surtout, ne dis rien à mes parents.

– Ce n'est pas comme si je buvais mon café avec eux tous les matins. Rien de dangereux, j'espère ?

– Qu'entends-tu par « dangereux » ? Crocodiles, vampires, arsenic ?

– Tu n'es pas obligée de me répondre. Allez, à plus tard.

– Attends, fais voir ton haut ? Il est trop cool !

Elle portait un sweat à capuche sur lequel était imprimé un stéthoscope, qui semblait pendre autour de son cou, et des tas d'instruments dépassant de fausses poches.

– Oui, hein ? Je l'ai reçu aujourd'hui par la poste. C'est un cadeau publicitaire. Drôle de coïncidence pour une étudiante en médecine !

Elle est partie en me faisant signe de la main. Dans son dos, j'ai aperçu un C entouré d'un rond que j'avais déjà vu quelque part.

Reprenant ma route, j'ai longé la place du marché et l'église Saint-Mary-the-Great, dont l'horloge sonnait 21 heures. La lune éclaboussait de sa lumière le toit de la chapelle de King's College.

Quand je suis enfin arrivée devant le musée, les colonnes avaient pris un éclat argenté. Les grandes grilles étant fermées, j'ai lancé mes rollers par-dessus et j'ai escaladé le mur de pierre. Après avoir atterri sur l'herbe, je me suis dirigée vers la porte de derrière.

Évidemment, elle était fermée à clé. J'aurais dû m'en douter. Je me suis tordu les mains en contemplant le ciel. J'étais si mal préparée ! Tout à coup, j'ai remarqué un petit clavier sur le côté. J'y ai tapé les chiffres **3901**, et la porte s'est ouverte.

Je ne sais pas si vous avez déjà marché en chaussettes dans un musée, mais c'est le bonheur absolu. Encore mieux que le patin à glace. Je n'arrivais plus à m'arrêter. J'ai virevolté entre les antiquités grecques, réussi un triple axel dans la salle des céramiques et failli me casser la figure près d'une vieille pierre égyptienne. J'en avais presque oublié ma mission, jusqu'à ce que je tombe sur une porte blanche flanquée d'une simple carte de visite dans un support en plastique.

Professeur Ian Philips

Histoire de la Grèce Antique

Trinity College

– Ah ! me suis-je exclamée. C'est là !

J'ai enfoncé la clé dans la serrure et fait un quart de tour à droite.

Rien.

Un quart de tour à gauche.

Toujours rien.

Alors j'ai crié :

– *Alohomora !*

Rien.

– Sésame, ouvre-toi !

Rien.

J'étais perplexe. Et voilà qu'un autre détail est venu accroître ma perplexité : un bruit de pas approchait dans le couloir, accompagné de deux voix.

– Nous avons déjà obtenu des résultats. Ça fonctionne.

– Tant mieux. C'est de l'argent bien dépensé.

– Et bien mérité.

– Tout ça grâce à toi.

– Je n'y serais pas parvenu sans ton talent de persuasion.

Non seulement je ne comprenais rien à leur conversation, mais j'étais coincée entre une porte qui ne voulait pas s'ouvrir et…

Un placard à balais ! J'ai actionné la poignée. Fermé à clé. Depuis quand verrouille-t-on les placards ? Pas étonnant qu'on ait manqué de serpillières cet après-midi-là !

Le bruit était de plus en plus proche.

– Comment va-t-elle, au fait ?

– Ça va. On est arrivés à un accord.

– Combien ?

– Peu importe. Ce qui m'inquiète, c'est plutôt cette Tsarina.

Tsarina. Une moitié de mon cerveau a enregistré cette information pendant que l'autre cherchait un moyen d'ouvrir le placard. C'est le genre de choses qu'on peut faire quand on est doté d'autant de neurones qu'il y a d'étoiles dans l'univers.

Sers-toi de la clé, m'a soufflé une petite cellule grise.

Je me suis retrouvée à l'intérieur du placard en moins de temps qu'il n'en faut pour le dire.

Derrière le battant, les pas se sont arrêtés.

Aucun doute possible : c'était les frères Philips. Je reconnaissais leurs voix – celle douce et grave de Ian, et celle plus gaie et haut perchée d'Archie.

L'un d'eux farfouillait dans sa poche.

– Ne me dis pas que tu as aussi perdu la clé de ton bureau ! s'est écrié Archie.

– Non, non, la voilà. Je me demande bien où est passée l'autre. Heureusement que je ne l'ai pas perdue plus tôt.

– Tu imagines ? a soufflé Archie. Si elle avait été encore là-dedans ?

– Oui, bon, peu importe, puisqu'elle n'y était plus.

La porte du bureau s'est ouverte, et quelqu'un a actionné un interrupteur. Trois rais de lumière sont apparus dans la grille de ventilation du placard.

En regardant autour de moi, j'ai constaté qu'il était beaucoup plus profond que je ne l'avais cru. Et qu'il ne contenait aucun balai, ce qui est plutôt rare pour un placard à balais. Il y avait un matelas gonflable (dégonflé), un sac de couchage (roulé), une pile de *Tintin* et une boîte de biscuits vide.

J'ai alors pris conscience d'une odeur qui me titillait les narines depuis un moment. Ce placard sentait comme ma mère.

C'était très étonnant, parce qu'elle n'est pas du genre à se cacher dans les placards de musée pour grignoter des biscuits et lire des bandes dessinées. Il devait donc y avoir une autre explication.

Et tout à coup, j'ai eu une illumination. La photo d'anniversaire. Jenna Jenkins entourée de cadeaux : un ours en peluche bleu, une paire de chaussons de danse, et... un flacon du même parfum que ma mère.

Jenna Jenkins avait été enfermée dans ce placard.

Le pied de Toby avait vu juste. Ian Philips était bien son ravisseur.

Si maman l'avait su, elle ne m'aurait sûrement pas envoyée lui rapporter sa clé à une heure pareille.

★ ★ ★

Dans le bureau voisin, les deux professeurs s'étaient tus. Je n'entendais plus que des cliquetis et des bips. Il y a bien entendu un tas de raisons justifiant qu'on passe sa soirée devant un ordinateur avec son frère. Ils préparaient peut-être un album photo pour l'anniversaire de leur mère. Mais mon petit doigt me disait que ce n'était pas le cas.

Non seulement Ian Philips avait enlevé Jenna, mais Archie Philips était au courant. Et bien qu'ils l'aient relâchée, ils mijotaient encore quelque chose. Sans parler de l'information qui confirmait les soupçons de mon radar : la fameuse Tsarina était liée à la disparition de Jenna Jenkins. Mais comment ?

Après dix ou quinze minutes de ce silence suspect, j'ai poussé la porte du placard et je me suis échappée en emportant la clé. Je ne pouvais pas la laisser là maintenant qu'elle était couverte de mes empreintes – la police risquait de penser que c'était moi le ravisseur !

Une fois dehors, j'ai escaladé le mur dans l'autre sens et j'ai remis mes rollers. La ville était plongée dans le noir et le silence. Après avoir jeté la clé dans la Cam, j'ai regagné le *college* par la porte de derrière.

Peter Mortimer m'attendait sur le petit balcon. Au moment où j'entrais dans ma chambre, j'ai entendu des pas dans l'escalier. J'ai à peine eu le temps de sauter dans mon lit et de fermer les yeux avant que la porte ne s'entrouvre, projetant un rectangle de lumière orange sur le sol.

Deux ombres. La voix de ma mère :

– Oui, elle dort.

Papa :

– Avec ses rollers dans les bras…

Maman :

– Ne cherche même pas à comprendre.

7

– Qu'est-ce que c'est que ce truc ?

– Eh bien, père, en voilà une façon de saluer ta fille !

– Je ne parlais pas de toi, mais de ça.

– Qu'est-ce donc ?

– Un catalogue sur l'élevage des canards qui vient d'arriver au courrier. À mon nom !

Il l'a fixé comme s'il s'agissait d'une bombe à retardement, puis il l'a posé sur la table. Sur la couverture, en dessous d'une photo de canard souriant barrée du titre *Le Canard joyeux*, il y avait un C entouré d'un cercle. Comme celui que j'avais vu sur le sweat de Fiona et je ne savais plus où. J'ai feuilleté le magazine, qui proposait tout un tas d'objets indispensables aux passionnés de canards. Nourriture ! Incubateurs à œufs ! Petits manteaux pour canetons !

– C'est génial ! me suis-je écriée. On devrait essayer. Regarde, on peut acheter un kit d'éleveur débutant pour seulement 124,99 livres ! On peut, dis ? On peut ?

Papa a déplié son journal sans répondre.

– Bonjour, maman. Tu es de bonne humeur ?

– Pourquoi ? Tu as quelque chose à m'avouer ?

– Oui.

– Dans ce cas, même si je suis de bonne humeur, ça ne va pas durer. Je t'écoute.

– Eh bien, je ne peux pas te révéler mes sources, mais j'ai la preuve que Jenna Jenkins a été enlevée par le professeur Ian Philips en personne, probablement avec l'aide de son frère le professeur Archie Philips. Ils l'ont enfermée dans un placard à balais du Fitzwilliam Museum.

Maman a regardé papa, qui l'a regardée, et ils ont tous deux éclaté d'un rire extrêmement vexant.

– Ce qu'il y a de bien avec Sophie, a dit papa, c'est qu'elle a autant d'imagination que Shéhérazade.

– Ce n'est pas une blague ! Il a séquestré Jenna là-dedans avec une boîte de biscuits et une pile de BD. C'est la pure vérité, même si je

ne sais pas où elle est passée. Et Archie Philips est aussi impliqué dans l'affaire Tsarina ! Et ils utilisent le musée pour leurs magouilles !

– Mon adorable petite fofolle, a roucoulé papa. Allez, va t'habiller, tu vas être en retard à l'école.

– Papa, je jure devant Dieu…

– Ne jure pas devant Dieu.

– Je jure devant l'archange Gabriel…

– Ne jure pas du tout.

– Mais papa, je ne plaisante pas, regarde, j'ai mon air sérieux – les Frères de l'Enfer doivent absolument être arrêtés, et tu dois prévenir la police, parce que moi, ils ne me croiront jamais…

– Effectivement. Va te préparer.

– Ils sont les seuls à pouvoir retrouver Jenna Jenkins !

– Oh, Sophie, a répondu maman avec un sourire amusé. Tout va bien. Nous savons où elle est.

Mes yeux ont failli sortir de leurs orbites, mais je les ai remis en place.

– Hein ?

– J'ai reçu une lettre d'elle ce matin. C'est bien ce que nous pensions : elle n'a pas supporté la pression et a pris quelques jours de vacances à Londres. Quand elle a su qu'on la cherchait partout, elle m'a écrit pour m'expliquer les raisons de son départ. Elle se sent toujours fragile ; elle va donc faire une pause et passera son diplôme l'année prochaine.

– Tu vois, a conclu papa. Il n'y avait pas de quoi t'inquiéter, ma petite tisseuse d'histoires à dormir debout !

★   ★   ★

C'est les sourcils froncés par l'incompréhension que j'ai rejoint Gemma et Toby dans la cour de l'école.

– Qu'est-ce qu'il y a ? m'a demandé Gemma.

– D'une, on a cours de sport. Et de deux, vous n'allez pas le croire, mais Jenna Jenkins a mystérieusement réapparu.

Ils sont restés bouche bée en écoutant le récit de mon escapade de minuit.

– Je ne comprends pas, a avoué Toby. Si Jenna était à Londres, qui a-t-on enfermé dans le placard ?

– C'était forcément elle : personne d'autre ne manquait à l'appel ! Son nez doit s'allonger comme celui de Pinocchio. Elle était là ; j'ai senti son parfum.

– Tu t'es peut-être trompée, a suggéré Toby en nouant ses lacets. C'était peut-être juste le parfum des produits d'entretien.

– Tu veux dire que ma mère sent l'eau de Javel ?

– Dites, est intervenue Gemma, je suis la seule à penser qu'on devrait abandonner l'enquête ? Peu importe ce qui est arrivé à Jenna puisqu'elle est saine et sauve. Quant aux magouilles des professeurs, ça les regarde. Il n'y a rien de plus ennuyeux que les histoires d'adultes. Si en plus ils enferment les gens dans des placards, je préfère ne pas m'en mêler.

– Au moins, ai-je répliqué, ça nous ferait une bonne excuse pour sécher le cours d'endurance.

Gemma et Toby ont commencé à s'échauffer pendant que M. Halitose sautillait sur place dans l'espoir de perdre son gros ventre.

– Allez, les enfants ! Courage ! Je sais que vous en êtes capables !

– Je ne suis pas en état de courir, monsieur Barnes. Je me suis foulé la cheville.

– Je n'y crois pas une seconde, Sophie. La prochaine fois, tu me raconteras que tu t'es tordu la queue de cheval.

– Maintenant que vous le dites, c'est vrai qu'elle me fait un peu mal…

– Cours ! Ça aide à se vider la tête.

– Voilà qui explique bien des choses.

J'ai trottiné pendant dix minutes, en vain. Mon crâne ronronnait aussi fort que Peter Mortimer quand on lui gratte le ventre. Cette avalanche de mystères me faisait des nœuds au cerveau.

Une chose était sûre, les frères Philips étaient de beaux escrocs. Mais à part le fait que l'un portait le bouc et l'autre la moustache, je n'avais aucun moyen de le prouver. Jenna Jenkins avait nié l'enlèvement et, si je rapportais la conversation que j'avais surprise, mes parents ne me croiraient pas et ils me puniraient parce que j'étais allée au musée en pleine nuit. Ils ne sont pas à une contradiction près.

– En tout cas, ça ne m'étonne pas que le professeur Philips soit un criminel assoiffé de sang, a déclaré Toby. Il me fait peur.

– En parlant de lui, a enchaîné Gemma, il y avait quoi dans la lettre qu'il a envoyée à ta mère ?

– Aucune idée… je l'avais complètement oubliée. C'était sans doute en rapport avec leurs réunions.

– J'espère qu'il est meilleur en réunions qu'en orthographe !

– Comment ça ?

– Sophie Scott, c'est comme ça que tu cours ? nous a coupés M. Halitose.

– Oui, c'est une nouvelle technique que j'ai inventée. Beaucoup moins fatigante.

– Je crains qu'elle n'existe déjà depuis longtemps. Elle s'appelle la marche. Allez, du rythme !

Forcée de me conformer à sa vision des choses, j'ai péniblement rattrapé Gemma.

– Pourquoi… tu… parles… d'orthographe ?

– Tu n'as pas remarqué que l'adresse sur l'enveloppe était pleine de fautes ? Personnellement, je tiens beaucoup aux doubles consonnes. Et je n'aurais jamais oublié le D de Cambridge !

Je me suis arrêtée net. Attrapant Gemma par le col (ce qui a provoqué un bruit de gargouillis), j'ai haleté :

– Des fautes d'orthographe ! Bon sang, Gemma ! Tu ne pouvais pas le dire plus tôt ?

– J'en avais l'intention, mais je te rappelle que j'ai été gravement malade. Pourquoi ? Ça n'a aucune importance.

– Mais si ! Mais si ! Tout s'éclaire ! Le révérend Pan a dit que Jenna était dyslexique. La lettre n'a pas été écrite par le professeur Philips, mais par Jenna ! Il l'a obligée à l'écrire !

– Sophie Scott, si tu n'accélères pas tout de suite, je t'envoie chez le directeur ! a tonné M. Halitose.

Autour de lui, les fleurs ont fané, empoisonnées par son haleine.

Je lui ai décoché le regard noir qu'il méritait avant de repartir au trot, Toby et Gemma sur mes talons.

– Il l'a... obligée... à écrire... la lettre... avant de la... laisser... sortir du placard. Et maman... a cru... que Jenna... était bien... à Londres !

– Franchement, Bibi, tu n'as aucune endurance, s'est moquée Gemma. On dirait un labrador assoiffé.

– J'ai un... point de côté. Monsieur Barnes, j'ai un point de côté qui va bientôt me déchirer la paroi abdominale. Je peux m'arrêter ?

– Non.

– Jenna... n'a pas fait de... aïe ! Dépression ! Elle a été... enlevée !

— Mais pourquoi le professeur Philips se serait donné autant de mal pour finalement la relâcher ? s'est étonné Toby. Et pourquoi elle n'est pas allée voir la police ? Ça ne tient pas debout !

— Comment... vous faites... pour parler normalement... quand vous courez ? On doit... découvrir... ce qu'ils mijotent... Ils ont peut-être... menacé de la tuer... si elle parlait.

— C'est absurde, a décrété Gemma. Il n'y a jamais aucun meurtre dans cette ville. Qui nous dit que la lettre de l'autre jour était bien celle de Jenna ? Peut-être que le professeur Philips est dyslexique, lui aussi.

— Impossible ! Jenna... a été forcée... à écrire ce courrier... tout comme on me force... à courir autour... de ce fichu terrain. Et je le... prouverai.

★   ★   ★

Mais avant, nous avons déjeuné. Enfin, plus précisément, Toby a déjeuné. Malgré notre faim dévorante, nous avons tous refusé de toucher à notre assiette. Debout dans un coin, M. Appleyard regardait ses pieds d'un air embêté.

– Vous êtes sûres que vous n'en voulez pas ? nous a demandé Toby en postillonnant des petits morceaux de chou. C'est délicieux !

– Mon pauvre estomac a besoin d'une pause, lui a répondu Gemma.

– Oui, c'est bizarre ce qui s'est passé au musée hier, a-t-il avoué. Il devait y avoir une bactérie qui traînait.

Gemma et moi lui avons jeté un regard en coin.

– À moins que ça soit les sandwichs…

– Impossible, c'est mon père qui les avait préparés.

– Hum, a grommelé Gemma. Au fait, Bibi, je t'ai apporté le nouveau programme du ballet. Ils l'ont réimprimé sans le nom de Jenna. Tu viendras nous voir ? La première a lieu vendredi !

– Bien sûr, avec plaisir, ai-je promis pendant qu'elle fouillait dans son sac. Et toi, Toby ?

– Je préfère encore m'arracher les ongles de pieds avec une pince rouillée.

– Sympa, merci, a fait Gemma. Tiens, Bibi.

Elle m'a tendu la nouvelle brochure. La couverture n'avait pas changé. Voilà où j'avais vu pour la première fois le grand C entouré d'un rond ! Mais quel rapport avec le sweat-shirt de Fiona et le catalogue du *Canard joyeux* ?

À l'intérieur, le portrait pompeux d'Edwin trônait toujours sur la première page. À côté, il y avait la description du rôle d'Odette, interprété par...

– Anastasia Vance ?

J'ai dévisagé Gemma.

– Oui, Stacy est son surnom, m'a-t-elle expliqué. Elle doit trouver Anastasia un peu long.

– Pourquoi èche que fous parlez d'Anachtachia ? a demandé Toby en mastiquant une tranche de rosbif grisâtre.

Ses dents n'ayant pas réussi à entamer la viande, nous avons attendu qu'il l'avale d'un seul coup tel un boa constrictor engloutissant un bébé éléphant.

– J'ai regardé le film l'autre jour, quand vous m'avez abandonné, a-t-il repris. Vous auriez dû rester.

– On parle d'une vraie personne, pas de ton film à la noix ! l'a informé Gemma.

– C'est pas un film à la noix ! Il y avait un Russe qui voulait tuer tout le monde – et cette fille, Anastasia, qui ne savait même pas qu'elle était princesse, et...

– Une princesse ? ai-je crié en manquant de m'étouffer. Une princesse russe ?

– Évidemment ! Tu sais, c'est l'histoire de la princesse russe qui a réussi à s'échapper après la mort de toute sa famille. Je te prêterai le DVD. Si t'es sympa.

– Une princesse russe, ai-je répété. Une *tsarina*. Qui s'appelle Anastasia.

Gemma et moi avons dû échanger un regard lourd de sens, parce que Toby a senti qu'on lui cachait quelque chose. Alors on lui a tout dit : comment mon père nous avait obligées à assister à son rendez-vous avec le révérend Pan qui lui avait rapporté sa conversation mystérieusement interrompue avec la fameuse Tsarina.

– Les trucs illégaux dont vous parlez... si Stacy est bien Tsarina, ça s'est passé au département d'informatique de Trinity College. Regardez, c'est là qu'elle étudie, c'est écrit sur le programme.

À ces mots, mon radar de détective s'est mis à clignoter dans tous les sens.

– Archie Philips enseigne l'informatique à Trinity College !

– Drôle de coïncidence, a fait Gemma.

– Mais dans ce cas, a repris Toby, pourquoi s'être adressée au révérend Pan ? Elle aurait pu en parler directement à son prof.

Mon radar, passé en pilote automatique, assemblait gentiment les pièces du puzzle à ma place.

– Peut-être parce qu'il était *impliqué* ? Il fallait donc qu'elle trouve quelqu'un d'autre. Et à part à un révérend, à qui confie-t-on ses problèmes ?

– À sa meilleure amie ? a suggéré Gemma.

– Exactement. Surtout quand celle-ci est journaliste…

– Jenna Jenkins ? Tu crois que Stacy l'a mise au courant ?

– Vous ne trouvez pas bizarre que Ian Philips ait enlevé Jenna juste après que sa meilleure amie a découvert les magouilles de son frère ?

– Là, a reconnu Gemma, ça fait un sacré paquet de coïncidences.

★ ★ ★

Comme par hasard, c'était le sujet de la leçon de vocabulaire.

– Aujourd'hui, les enfants, nous allons définir le mot « coïncidence ». Une idée, Lucas ?

– C'est quand, par exemple, je pense «Waouh, ça serait génial si l'alarme incendie se déclenchait et qu'on devait tous sortir dans la cour », et que pile au moment où je pense ça, l'alarme...

DRIIIIIIIINNNNNNG

– ... sonne.

Ce qui venait de se produire.

– Très bien, a fait M. Halitose, un peu déconcerté. Bon, les enfants, nous allons descendre au rez-de-chaussée. Sans courir.

Dix minutes plus tard, nous étions de retour en classe et M. Halitose tentait de reprendre le cours de son cours.

– Tout à l'heure, Lucas nous a donné un très bon exemple de coïncidence. Quelqu'un d'autre ? Radha ?

– Oui, mettons que je pense : « Ce serait trop marrant si une énorme araignée tombait pile sur la tête du professeur », et...

– Ce sera tout, merci, l'a coupée M. Halitose en jetant des regards inquiets vers le plafond. Sophie, peux-tu nous donner une définition du mot « coïncidence » ? Une définition, pas un exemple, s'il te plaît.

Une coïncidence, c'est quand une étudiante s'appelle Anastasia et que, dans la même université, quelqu'un utilise le pseudo Tsarina. Ou quand le même C entouré d'un cercle ne cesse d'apparaître sur des objets sans rapport les uns avec les autres, tels qu'un catalogue sur l'élevage de canards, un programme de ballet ou un sweat-shirt.

– Une coïncidence, c'est quand, par le plus grand des hasards, deux choses ou plus se produisent en même temps ou semblent liées.

– Très bien résumé, m'a félicitée M. Halitose. Et à quel moment est-ce qu'une coïncidence cesse d'en être une ?

– Je ne sais pas.

– Lorsqu'il n'y a pas de hasard et que les événements sont effectivement liés.

« **Mais comment le prouver ?** » ai-je demandé par écrit à mes amis.

« **En enquêtant** », m'a répondu Gemma.

À la fin des cours, j'ai filé vers le centre-ville, flanquée de Toby sur son vélo et de Gemma sur sa trottinette.

Destination : Trinity College.

– Alors, voilà le plan : on trouve Stacy Vance, on se fait passer pour ses plus grands fans et on lui demande de signer le programme du ballet, ai-je crié à Gemma. Puis on essaie de la démasquer en jouant au gentil et au méchant flic.

– C'est quoi, ce jeu ? a demandé Toby en évitant de justesse un taxi.

– Une technique d'interrogatoire. Gemma fera semblant d'être gentille, moi d'être méchante, comme ça on lui arrachera des aveux.

– Mais *moi*, je fais quoi ? C'est toujours vous qui avez le beau rôle !

– Ok, tu n'auras qu'à être le flic marrant.

– Je parie que ça n'existe même pas.

– Maintenant, si.

Nous étions arrivés devant l'immense porte de Trinity College. Un portier coiffé d'un chapeau melon s'assurait qu'une bande de touristes payait bien son entrée. Après avoir mis pied à terre, nous nous sommes cachés derrière les fesses du plus gros pour aller consulter les listes des étudiants affichées dans les cages d'escalier.

Heureusement, nous avons trouvé ce que nous cherchions dès le troisième panneau.

R1	**Mlle A. C. Brookland**
R2	**M. E. E. P. Franklin**
R3	**M. P. Mahal**
R4	**Mlle A. Vance**

Après avoir gravi l'escalier en colimaçon, nous nous sommes arrêtés devant la chambre R4, qui faisait face à la R2, dont la porte était décorée, entre autres choses, d'une carte postale représentant un C vert et blanc entouré d'un cercle.

– C'est quoi, ce truc, à la fin ? me suis-je écriée.

Gemma a haussé les épaules.

– Pourquoi ? a voulu savoir Toby.

J'ai essayé de décoller la carte.

– Je n'arrête pas de le voir partout...

À cet instant, la porte s'est ouverte et nous nous sommes retrouvés nez à nez avec un individu peu recommandable.

– Qui êtes-vous ? s'est écrié Edwin.

– Je m'appelle Scott – Bibi Scott.

– Ah oui, je me souviens. La gamine bizarre de la répétition. Qu'est-ce que vous fabriquez ici ?

– On visite, ai-je menti en jetant un coup d'œil par-dessus son épaule.

Sa chambre était un vrai capharnaüm. Des ailes de cygne s'empilaient dans un coin et deux ordinateurs encombraient le bureau.

– On est venus demander un autographe à Stacy, ai-je ajouté.

– Les enfants n'ont pas le droit de monter ici.

– Ça tombe bien, on n'a pas amené les nôtres. Puisque tu es là, je peux te poser une question ?

– Quoi ?

– Que signifie le C sur cette carte ?

Il ne l'a même pas regardée. Il a juste éclaté de rire et m'a claqué sa porte au nez.

– Quel malpoli ! s'est exclamée Gemma. Il n'a vraiment aucun savoir-vivre.

Alors que je m'apprêtais à arracher la carte postale pour nous venger, la porte de la chambre d'en face s'est ouverte sur Stacy Vance.

– Que se passe-t-il ?

Elle avait la voix la plus mélodieuse qui soit et portait une espèce de kimono blanc translucide. Si elle avait sauté par la fenêtre, elle se serait probablement envolée.

– Chère danseuse, c'est un honneur de te rencontrer. Je m'appelle Bibi Scott et je suis ta plus grande fan.

– C'est faux, a protesté Gemma. C'est *moi*, ta plus grande fan. J'ai intégré l'orchestre pour pouvoir t'admirer de près.

– Non ! s'est écrié Toby d'un ton théâtral. C'est *moi* ton… euh…

Puis il s'est tu, à court d'idées. Stacy nous a dévisagés puis a inspecté le couloir, comme si elle cherchait des parents invisibles.

– On peut entrer ?

– Si vous voulez. Je vous offre un thé ?

– Oui, avec plaisir.

Nous avons pénétré dans une chambre très bien rangée et très blanche. Assis sur le couvre-lit en mousseline, nous avons poliment attendu que Stacy fasse bouillir de l'eau.

– Alors, qu'est-ce qui vous amène ? nous a-t-elle demandé en remplissant nos tasses.

Gemma a sorti son programme, et Stacy l'a signé sans se faire prier. Pendant ce temps, j'ai soufflé à mes amis :

– Gentil flic, méchant flic, flic marrant !

Gemma s'est lancée la première.

– Stacy, j'adore tout chez toi. À commencer par ton prénom, Anastasia... on dirait celui d'une princesse russe !

– Oui, ai-je enchaîné d'un ton menaçant, ou celui d'une *tsarina*. Comme celle qui a surpris un trafic et refuse d'en parler ! Ha ha, te voilà démasquée !

Crac !

– Oh non, Bibi, a gémi Toby, je n'aime pas du tout ce jeu. Regarde, elle a cassé une tasse, la pauvre. Comment veux-tu que je sois marrant après ça ?

Stacy tremblait tellement fort que j'avais peur de la voir se désintégrer.

– De quoi est-ce que vous parlez ? Et comment connaissez-vous Tsarina ?

– On a surpris une conversation.

– Entre qui et qui ?

– Aucune importance, ils ne sont pas au courant. On a déduit le reste tout seuls.

– J'ignore ce que vous avez entendu, mais c'était une erreur. Je me suis trompée. Tsarina s'est trompée. Il ne s'est rien passé.

– Rien passé où ?

– Dans mon département. Il n'y a aucun problème avec le logiciel.

– Quel logiciel ?

– Une minute… vous savez quoi, au juste ?

J'ai réfléchi. Puis j'ai décidé de jouer cartes sur table.

– On sait que tu as découvert quelque chose au département d'informatique. Quelque chose qui concernait toute l'université.

Normalement, tu aurais dû alerter ton responsable, le professeur Archie Philips. Mais tu ne pouvais pas, parce qu'il était impliqué. Alors tu en as parlé à Jenna Jenkins, qui a voulu enquêter, et on l'a fait disparaître. Ensuite, tu as contacté le révérend Pan, mais la connexion Internet a été coupée avant que tu aies terminé. Et finalement, je ne sais pas pourquoi, tu as décidé de te taire. Peut-être parce que tu avais peur qu'on t'élimine toi aussi.

Les grands yeux bleus de Stacy restaient rivés sur la porte derrière moi.

– Tu as tout faux. Je me suis trompée. J'ai cru avoir découvert quelque chose, alors qu'il n'y avait rien. J'ai peut-être évoqué mes doutes devant Jenna, mais elle n'avait aucune raison d'enquêter.

– Pourquoi tu fixes la porte comme ça ? lui a demandé Gemma.

Au même instant, celle-ci s'est ouverte sur Edwin. Ses sourcils étaient aussi froncés que le tissu de son tee-shirt. Si les yeux avaient le pouvoir de propulser les gens à l'autre bout du système solaire, j'écrirais ces lignes depuis la surface gelée de Pluton. Apparemment, il

n'était entré que pour le plaisir de nous fusiller du regard, puisqu'il n'avait rien de spécial à dire.

– Tout va bien, Stace ?

– Très bien.

– Tu les connais ?

– On fait connaissance.

Il s'est assis par terre à nos pieds.

– D'accord. Passe me voir tout à l'heure pour essayer tes ailes. Elles sont vraiment de super qualité, je n'en reviens pas. Il y a carrément une armature à l'intérieur, aussi solide que le squelette d'une aile d'oiseau ! Je parie qu'elles pourraient supporter le poids de gamins comme vous, a-t-il ajouté d'un air méprisant.

– Effectivement, c'est un excellent *produit*, mais il faut *surveiller* qu'il ne coûte pas trop cher, a répondu Stacy.

– Bah, on peut se l'offrir, on a les moyens.

– Je dois me remettre au travail. Merci d'être passés, les enfants. Je suis désolée de vous mettre dehors, mais mon *ordinateur* m'appelle.

Je commençais à me demander pourquoi Stacy parlait en italique. Edwin avait l'air perplexe lui aussi.

– Allez, il est temps d'y aller, a-t-il décrété en nous poussant vers la porte. Vous viendrez voir le spectacle ?

– Je joue dedans, lui a rappelé Gemma. Du violoncelle.

– Ah oui, a-t-il répondu avec une grimace.

Produit. Surveiller. Ordinateur.

Je n'étais pas sûre de comprendre, mais j'étais prête à parier que Jeremy Hopkins pourrait m'aider.

Alors que nous sortions de Trinity College, Gemma a reçu un coup de fil de sa mère qui était garée en double file devant le centre commercial, alors merci de faire vite, parce que sinon…

– À demain, nous a lancé Gemma d'un ton lugubre. Tenez-moi au courant des avancées de l'enquête.

– Il n'y a plus que toi et moi, Toby. Nous allons résoudre ce mystère ! Toby ?

Il était en train de s'arracher les cheveux devant ce qui ressemblait à une banale barrière.

En m'approchant, j'ai découvert qu'elle portait encore un antivol fraîchement scié.

– C'est pas vrai ! On m'a volé mon vélo !

– Ça fait quoi, la troisième fois cette année ?

– La quatrième ! Je dois rentrer, Bibi, je n'ai pas le droit de marcher dans la rue après 17 heures.

– Mais faire du vélo, tu peux ?

– Oui, parce que je vais trop vite pour qu'on me kidnappe.

Les parents sont vraiment trop bizarres.

– Ok. Je vais donc courageusement poursuivre l'enquête seule. Désolée pour ton vélo, Toby.

– Je l'avais appelé Victor.

– Quelle drôle d'idée. Tout le monde sait qu'il ne faut pas s'attacher aux vélos, à Cambridge. Ils finissent toujours par disparaître.

Sur quoi j'ai salué le malheureux Toby et détalé sur mes rollers.

★   ★   ★

Toc toc !

Fiona lisait un énorme livre, assise sur son lit.

– Salut, Bibi. Alors, ton expédition d'hier soir ?

– Plutôt bizarre. Jeremy Hopkins m'aidera sans doute à y voir plus clair. Mais pour le trouver, j'ai besoin du grand puits de la connaissance.

– Une encyclopédie ?

– Non, Facebook ! Tu peux me dire dans quel *college* il est, s'il te plaît ?

– Bien sûr. (Elle a allumé son ordinateur et attendu qu'il démarre.) Mais sur quoi est-ce que tu enquêtes ? Jenna a réapparu.

– *Mystérieusement* réapparu, oui.

– Je ne vois rien de mystérieux là-dedans. Ne sois pas si déçue – je suis sûre qu'un jour, tu décrocheras une belle affaire de meurtre bien croustillante.

– Ça peut encore se terminer comme ça ! Jenna n'est pas en sécurité.

– Elle vit à Grantchester, en amont de la rivière. Personne ne se fait assassiner là-bas.

Ça alors ; moi qui croyais la danseuse à Londres !

– Qu'est-ce qu'elle fabrique à Grantchester ?

– Elle s'est installée chez sa grand-mère, dans un cottage rose au bord de l'eau. Après toute cette pression, elle doit avoir besoin de calme. (Elle a ouvert son navigateur Internet.) Finalement, elle est plus fragile qu'elle n'en a l'air.

– Jeremy m'a pourtant dit qu'elle n'était pas du genre à… une minute ! C'est quoi, ça ?

– Du calme, c'est juste la nouvelle page d'accueil.

– Non, ce C ! Vert et blanc, entouré d'un cercle !

Fiona a eu l'air étonnée.

– Ne me dis pas que tu ne l'as jamais vu.

– Au contraire, je le croise beaucoup trop ces derniers temps ! Qu'est-ce que c'est ?

– Ma petite Bibi, tu vis vraiment dans ta bulle. C'est le logo de Cooperture, bien sûr !

8

Dix minutes plus tard, j'étais devant le Gonville & Caius College. Le soleil qui filtrait entre les arbres dessinait des taches sur la pelouse, et je me suis laissée distraire un instant par l'arrosage automatique. Comment résister à l'envie de se placer sur son chemin ? Je suis toujours étonnée que les adultes y arrivent. C'est plus fort que moi. Il faut absolument que je me fasse arroser. J'étais peut-être une plante dans une autre vie ? Ou plutôt une mauvaise herbe, si on demande l'avis du portier qui me fusillait du regard.

Toc toc !

Je n'avais jamais visité autant de chambres d'étudiants dans une même journée.

– Qui est là ?

– Bibi Scott, à ton service.

La porte s'est entrouverte, laissant apparaître un des yeux de Jeremy Hopkins. L'œil m'a dévisagée, puis le battant s'est ouvert en grand afin que le deuxième œil puisse faire pareil.

– Bibi, quelle bonne surprise ! J'espère que ton père est au courant de ta visite.

– Bien sûr, ai-je répondu, ce qui n'était pas vraiment un mensonge puisqu'il est en relation avec Celui qui sait tout. Je peux entrer ?

La caractéristique principale de la chambre de Jeremy, c'est que les pieds n'y entrent jamais en contact avec le sol. Pas parce que la gravitation est nulle dans cette pièce, mais parce que la moquette était couverte de vêtements, de livres, de papiers et d'objets traînants non identifiés. J'ai essayé de ne pas remarquer l'énorme pile de linge sale au-dessus de laquelle volait une mouche paresseuse.

– Ok, a fait Jeremy. Où en es-tu de ton enquête, jeune détective ? As-tu déniché des boutons ou des emballages de bonbons intéressants ?

– Commençons par le commencement. Tu sais que Jenna a réapparu, n'est-ce pas ?

– Oui. Mais elle ne répond pas au téléphone.

– Est-ce que tu crois à cette histoire de dépression nerveuse ?

– Non.

– Moi non plus. Je pense que Jenna a été enlevée puis libérée. Et que ça a un rapport avec Cooperture.

– Quoi ?

Jeremy a éclaté de rire, comme si j'avais accusé l'empereur de Chine.

– Ne rigole pas ! Les représentants de Cooperture ont distribué un tas d'argent aux *colleges* de l'université par l'intermédiaire du professeur Ian Philips. Oh, et pour info, c'est lui le ravisseur de Jenna.

Je lui ai raconté tout ce que je savais, en admirant la façon dont sa mâchoire tombait et dont ses yeux s'écarquillaient comme dans les dessins animés. Face à un public si réceptif, je me suis sentie obligée de conclure en beauté :

– Enfin, mon radar de détective trouve Edwin super louche. Pourquoi, quand il est là, Stacy se comporte-t-elle comme un lapin devant les phares d'un camion ? Est-ce qu'il sait qu'elle sait ? Et qu'est-ce que ça peut bien lui faire ?

– Si Cooperture est réellement impliqué, ça explique tout.

– Comment ça ?

– Edwin est le fils de Rudolph Franklin, le P.-D.G. de Cooperture. D'où la présence de leur logo sur le programme du *Lac des cygnes*. C'est Cooperture qui sponsorise le ballet.

– Rudoph Franklin ? Je le connais, maman me l'a présenté *Chez Tata* ! Voilà pourquoi la tête d'Edwin me disait quelque chose quand je l'ai rencontré pendant la répétition du ballet. Et je comprends mieux pourquoi il a collé cette carte postale sur sa porte. Et comment il a pu monter son super spectacle.

– Ce n'est pas tout. Dans sa biographie, ils disent qu'il est helléniste.

– C'est vrai que c'est louche. Fabriquer des meubles, c'est un truc de vieux.

– Pas ébéniste, helléniste. Ça veut dire qu'il étudie le grec.

– Le grec ? Comme...

– Oui, comme notre cher Ian Philips. Et dans le même *college*.

– Tiens, tiens, que de coïncidences ! Edwin et monsieur Franklin, Ian et Archie Philips... Je mettrais ma main au feu que ces quatre-là se connaissent.

– Tu es géniale, Bibi ! s'est extasié Jeremy. Je n'en reviens pas que tu aies découvert ça toute seule.

– Oh, je t'en prie, je n'y suis pour rien. C'est mon cerveau qui fait le boulot.

– Il y a juste un petit problème.

– Lequel ?

– Nous ignorons en quoi consistent les activités illégales des professeurs Philips et de Cooperture. Si Stacy et Jenna refusent de témoigner, comment allons-nous le découvrir ?

– Je propose qu'on aille faire un tour. Ça aide à réfléchir. Les chiens font tout le temps ça.

En réalité, j'avais surtout envie de retourner jouer avec l'arrosage automatique. Mais quand nous sommes sortis du bâtiment, trois mauvaises surprises nous attendaient. Petit un, l'arroseur éteint trônait comme une araignée d'acier au milieu de la pelouse. Petit deux, mon père se tenait à côté, l'air humide. Petit trois, mon père se tenait à côté, l'air furieux.

– Sophie Margaret Catriona Scott ! s'est-il écrié.

J'ai levé les yeux au ciel.

– Et Jeremy Hopkins !

Jeremy est devenu tout pâle.

– Et ce fichu arroseur !

Le jardinier qui ratissait des feuilles non loin de là a toussoté, un peu gêné.

– Bonjour, révérend Scott ! ai-je lancé gaiement pour détendre l'atmosphère.

Papa a traversé la pelouse. Il avait clairement du mal à décider auquel de ces trois problèmes existentiels s'attaquer en premier.

Il a finalement opté pour l'ordre suivant : 1) l'arroseur, 2) Jeremy Hopkins, 3) moi.

– Ce fichu arroseur ! a-t-il répété. Je le croyais éteint ! Pas la moindre goutte d'eau n'en sortait avant que j'aie le malheur de passer à côté !

– Je crois, papa, que nous devrions tirer une leçon de cette mésaventure, à savoir…

– Jeremy Hopkins ! Que faites-vous ici ?

– J'habite dans ce *college*.

– Pourquoi tournez-vous encore autour de ma fille ?

– C'est elle qui a frappé à ma porte, et nous sortions faire un tour pour nous éclaircir les idées.

– Elle est venue dans votre *chambre* ?

J'ai posé une main rassurante sur l'épaule trempée de mon père.

– Nul besoin de t'inquiéter, mon petit papa poule. Jeremy et moi sommes juste amis.

– Voyons, révérend, Bibi n'est qu'une enfant ! a ajouté Jeremy. J'ai dix-neuf ans ; elle doit me prendre pour un vieillard.

– En plus, il ne lave pas ses vêtements ! ai-je renchéri un peu plus fort que prévu (ce qui lui a valu de drôles de regards de la part des six touristes, des deux portiers et du jardinier qui nous entouraient).

Jeremy a piqué un fard. Le point positif, c'est que papa serait bientôt sec : l'eau de ses vêtements s'évaporait rapidement sous l'effet de sa colère.

– Sophie, ta mère et moi ne savions pas où tu étais passée. Nous avons dû consulter les vidéos des caméras de surveillance pour découvrir que tu étais allée voir Fiona Lumley, qui nous a ensuite envoyés ici. Tu imagines à quel point nous étions inquiets ?

– Non, papa.

– Tu es vraiment une affreuse, une incontrôlable, une insupportable petite... petite... petite...

– Fille ? a suggéré le jardinier.

– Non. Petite...

– Chérie ? a suggéré une touriste.

– Non. Petite...

– Puce ? a suggéré un étudiant.

– Certainement pas ! Tu n'es une petite peste, Sophie ! Une tête de mule ! Une délinquante juvénile !

– On ne dirait pas, a déclaré une femme en me tapotant la tête.

– Parce que c'est faux, madame, ai-je pleurniché. Tout ça, c'est à cause d'une immense injustice.

– Laquelle ? ont voulu savoir la dame et tous les autres.

– Je n'ai pas de téléphone portable ! Si j'en avais un, comme Toby, Gemma, Lucas et

Eugénie, mes parents sauraient tout le temps où je suis. Mais ils refusent de m'en acheter un !

– Oh ! se sont offusqués les gens.

– Pour l'amour du ciel ! s'est écrié papa. Vous vous croyez où, au tribunal ? Allez, on s'en va.

– Au revoir, Jeremy !

– Au revoir, Bibi !

– Au revoir, tout le monde !

– Au revoir, Bibi !

Et il m'a traînée loin de Gonville & Caius College.

★   ★   ★

J'ai reçu une fessée, bien que ce soit interdit par l'Union européenne, et j'ai été envoyée dans ma chambre avec l'ordre de lire cinquante pages de la Bible (même pas celles avec les meurtres ; aucun intérêt).

Heureusement, Peter Mortimer m'a interrompue en s'affalant sur le livre saint pour me réclamer des caresses.

À 21 h 30, maman est venue m'apporter une assiette de sandwichs.

Papa la suivait avec une tasse de thé.

– Voilà ton dîner.

– Mille mercis.

Ils se sont assis sur mon lit.

– Tu sais, a avoué papa, ça ne nous fait pas plaisir de te punir.

– Surtout, ne vous sentez pas obligés.

– Nous avons longuement réfléchi à cette histoire de téléphone portable.

– Oh, papa ! Je suis désolée.

– Nous avons conclu que ce serait rassurant de pouvoir te joindre.

– Je me moque d'avoir un portable ; je veux juste que vous me pardonniez !

– C'est déjà fait. Mais pour en revenir au téléphone…

– Non, oubliez ça. J'ai été trop vilaine.

– En effet, a confirmé maman. Néanmoins, après réflexion, nous préférerions que tu…

– Ce n'est pas conseillé pour les enfants de mon âge…

– Chut ! m'a coupée papa. Nous ne te demandons pas ton avis ! Tu auras un télé-phone, que tu le veuilles ou non.

– Ah bon, d'accord.

– J'ai fait quelques recherches sur Internet, a annoncé maman. Nous passerons à la boutique demain.

– Nous te prendrons un modèle très simple, sans accès Internet et sans appareil photo, a précisé papa.

– Ça existe encore ?

Maman a hésité.

– Je suis sûre que oui, a-t-elle répondu d'un ton qui manquait de conviction. Enfin, on verra ça demain. Dis « oui maman ».

– Oui maman.

– Bonne nuit.

– Le problème avec Sophie, c'est qu'elle est aussi têtue que l'âne de Buridan, a conclu papa en fermant la porte.

★   ★   ★

Dès que le bruit de leurs pas s'est estompé, j'ai sauté sur le balcon, glissé le long de l'arbre et filé à vitesse grand V sur mes rollers, jusqu'à ce que la ville ne soit plus qu'un tourbillon de gargouilles, de vélos et de rambardes sous la lumière jaune des lampadaires.

Il y avait quelqu'un que je voulais absolument rencontrer.

Enfin, à part J. K. Rowling, bien sûr. Et cette personne était Jenna Jenkins, dont j'avais mémorisé l'adresse :

Jenna Jenkins
Cottage rose au bord de la rivière
Grantchester

Elle seule pourrait démêler ce paquet de nœuds incluant la lettre C, des cygnes et de l'argent, et éclaircir cette histoire de non-enlèvement. Si je parvenais à lui parler, je comprendrais tout.

Il y a quatre façons de se rendre à Grantchester. La première, c'est en voiture, mais je n'ai pas encore le permis. La deuxième, en rollers, mais je n'avais pas mes protections de poignets. La troisième, en volant tel Superman, mais, comme je l'ai déjà expliqué, je n'ai pas demandé de super pouvoirs quand je suis devenue la meilleure détective de Cambridge.

La quatrième, c'est en bateau. Ça tombait bien, car je savais exactement où en dénicher un.

C'est ainsi que je me suis retrouvée à porter un canoë jaune sur mon dos, ce qui me faisait ressembler à un tatou. Bien entendu, j'avais pris soin de retirer mes rollers auparavant.

– Maman, les p'tits bateaux... ai-je chantonné en le mettant à l'eau.

J'ai pris place à bord de la frêle embarcation, j'ai enfilé un gilet et j'ai attrapé la pagaie.

La statue grecque avait dit vrai. C'était le navire le plus facile à manœuvrer de toute l'histoire de la marine. Il suffisait de plonger la pagaie du côté droit, comme ça – puis du côté gauche, comme ça – et il filait sur les flots tel un saumon sauvage.

– Grantchester, me voilà ! Je m'en viens découvrir tes terres inconnues que je baptiserai Bibiland !

Le ciel formait une voûte noire ponctuée d'étoiles.

Les berges étaient couvertes d'épaisses touffes d'herbe qui faisaient « côa, côa » quand les vagues les touchaient.

Parfois, des gouttes m'éclaboussaient et, à l'approche des terres inconnues de Grantchester, une immense chouette fantomatique est descendue sur l'eau pour attraper un poisson que personne n'avait remarqué. C'était un monde dur et sauvage.

Peu à peu, des maisons sont apparues et la nuit s'est éclaircie. J'étais arrivée. Blottis au fond de leur jardin, les cottages de Grantchester défilaient sous mes yeux, projetant devant eux des carrés de lumière jaune ou l'éclat bleuté de leurs télévisions.

On dit souvent que la nuit, tous les chats sont gris. Eh bien, ce n'est pas seulement vrai pour les chats. Le jaune paraît gris, le rouge paraît gris, le bleu paraît gris, le gris paraît très gris, et même le blanc paraît gris. Quant au rose, malheureusement, il paraît gris aussi.

J'aurais été incapable de dire si les murs des cottages étaient roses ou jaune fluo.

– Encore une mission bien mal préparée, me suis-je reproché en posant ma pagaie pour me gratter le menton.

– Coin.

– Non, je n'irai pas au coin pour si peu, il ne faut pas exagérer.

– Coin.

– Ça devient insultant !

– Coin.

Je me suis retournée pour faire face à mon détracteur.

Et je suis tombée nez à bec avec la cane enceinte.

* * *

Là, je sais que la plupart des gens vont m'accuser de mentir ou de m'être trompée. Que les choses soient claires : je n'ai aucune preuve scientifique. Je n'ai pas prélevé l'ADN de cet animal, ni vérifié ses empreintes. Mais réfléchissez. Pour quelle raison un *autre* canard que celui que j'avais tiré des griffes de Peter Mortimer et avec qui j'avais partagé un chocolat à la fraise m'aurait-il aidée à accomplir ma mission ? Si vous avez une idée, vous pouvez m'écrire à l'adresse ci-dessous :

Bibi Scott
Résidence de la doyenne
Christ's College
Cambridge CB2 3BU
ROYAUME-UNI

J'étais si heureuse de la voir que j'ai caqueté en retour. Elle a eu l'air un peu surprise. Puis elle s'est remise à nager, sa petite queue s'agitant de gauche à droite comme le doigt de maman quand elle dit : « Sophie, ne fais pas ça. » Je l'ai suivie sur les eaux noires. Quelques minutes plus tard, elle s'arrêtait devant un joli jardin et sautait sur un ponton de bois.

Les jambes encore dans le canoë, je me suis accoudée à la rive et j'ai rampé sur l'herbe afin de m'extraire du bateau, tel un bernard-l'ermite qui change de coquille. Après avoir dissimulé mon équipement derrière une grosse touffe de roseaux, je suis montée vers le cottage en chaussettes. La maison était plongée dans le noir à l'exception d'une des fenêtres au premier, d'où sortait une lumière blanche et douce. En m'aidant d'un bac à compost, je me suis hissée sur un rebord au-dessus de la fenêtre du rez-de-chaussée. La cane m'encourageait. La lueur éclairait le mur et lui rendait sa couleur originelle : le rose.

Du bout d'une phalange délicatement repliée, j'ai frappé trois petits coups à la vitre.

À l'intérieur, il y a eu un frémissement.

Puis encore trois coups.

À l'intérieur, il y a eu un bruissement.

Puis encore trois coups.

À l'intérieur, il y a eu un grincement.

Et soudain, la vitre a coulissé vers le haut, deux mains puissantes m'ont plaquée contre un torse velu et une immense épée s'est posée sur ma gorge.

(En fait, c'était plutôt des mains fines, une poitrine menue et un couteau suisse mais, dans le feu de l'action, tout paraît plus effrayant.)

– Qui es-tu ? a bredouillé Jenna.

– Bibi Scott, ai-je bredouillé en retour (mon nom se bredouille très bien).

– Que fais-tu ici ?

– Je suis venue te parler.

– Qui t'envoie ?

– Personne ! Et surtout pas Cooperture.

Elle m'a lâchée et m'a regardée de la tête aux pieds.

– Tu n'es qu'une enfant ! Comment es-tu arrivée jusqu'ici ?

– En canoë.

La lueur blanche provenait d'un téléphone posé sur le bureau. Je me trouvais dans une jolie petite chambre typiquement anglaise, pleine d'imprimés à fleurs.

Jenna Jenkins s'est laissée tomber sur son lit avec un soupir.

– Je ne suis même pas surprise. Plus rien ne m'étonne, ces temps-ci.

– Je suis ici pour mener l'enquête, lui ai-je expliqué en m'asseyant en tailleur sur le sol. J'ai compris pas mal de choses, mais il me manque encore des pièces du puzzle.

– Que sais-tu ?

– Que tu n'es jamais allée à Londres. Que tu as été enlevée par Ian et Archie Philips, et que tu as passé trois jours dans le placard à balais du Fitzwilliam Museum.

Elle a ouvert de grands yeux.

– Ta meilleure amie Stacy Vance, ai-je poursuivi, a découvert quelque chose de louche au département d'informatique – quelque chose qui impliquait le professeur Archie Philips. Quand elle t'en a parlé, tu as voulu enquêter pour *Scoop*. Tu t'es aperçue que ça avait un rapport avec Cooperture, qui essayait de noyer Cambridge sous les billets de banque par l'intermédiaire de Ian Philips.

Tu t'apprêtais à mettre Jeremy Hopkins au courant quand tu as brusquement disparu. Trois jours plus tard, tu écrivais à la doyenne en prétendant souffrir de dépression. Quant à Stacy, elle refuse de nous dire quoi que ce soit et compte passer son week-end à sautiller sur scène dans un affreux tutu.

Jenna contemplait ses mains. J'ai attendu qu'elle prenne la parole, ce qu'elle a fini par faire.

– Et... qu'est-ce que tu ne sais *pas* ?

– Premièrement, je me demande ce que les frères Philips ont fait de si grave pour aller jusqu'à transformer un placard en prison. Deuxièmement, j'aimerais bien savoir comment ils ont réussi à t'enlever. Et comment tu avais deviné que Cooperture était dans le coup. Troisièmement, je ne comprends pas pourquoi tu n'as pas prévenu la police quand le professeur Philips t'a relâchée – à moins que tu ne te sois enfuie ?

– Tu es plutôt douée, comme détective. Très bien, je vais répondre à certaines de tes questions. Tout a commencé le soir où, pour s'amuser, Stacy a craqué le mot de passe du réseau protégé de son département d'informatique.

Elle est tombée sur un logiciel très douteux conçu par Archie Philips et a vite compris qu'il était illégal. Alors elle m'a tout raconté.

– Pourquoi à toi et pas à la police ?

– Parce qu'elle était coincée : elle ne l'aurait jamais vu si elle ne s'était pas introduite sur ce réseau sans autorisation. Et puis elle ignorait encore si son professeur avait de mauvaises intentions ou s'il s'agissait d'un simple exercice de programmation. J'ai donc décidé d'espionner Archie Philips, ce qui m'a permis de surprendre une conversation téléphonique où il annonçait que le logiciel était prêt et que son travail s'arrêtait là – c'était désormais à son interlocuteur de prendre la relève pour mettre Cooperture en contact avec les *colleges*.

– Il parlait à Ian Philips, son frère !

– Oui. Je l'ai compris quand il a dit « Papa serait fier de nous » avant de raccrocher.

– Charmante famille.

– À partir de là, je n'ai eu aucun mal à contacter Ian, qui semblait être le cerveau de l'affaire. Je lui ai dit tout ce que je savais. Il m'a proposé très poliment de venir le voir au musée. À mon arrivée, il m'a demandé de patienter une minute dans une petite pièce à côté de son bureau. Et il a refermé la porte à clé. Ce n'était donc pas un enlèvement à proprement parler.

– Pourquoi a-t-il fait ça ?

– Pour ne pas m'avoir dans les pattes lors de la visite des représentants de Cooperture. Son frère et lui ont attendu que les contrats soient signés et l'argent transféré pour me libérer.

– Et tu n'as pas crié ? Si tu pouvais manger des biscuits, tu pouvais crier.

– J'avais de bonnes raisons de me taire. Disons que nous avions déjà entamé des négociations.

– Des négociations ? C'est-à-dire ?

– Bon, je vais te donner un conseil, ma petite… Bibi, c'est ça ? Quelle que soit la façon dont tu as obtenu ces informations, tu ferais mieux de les oublier. Les frères Philips m'ont persuadée que c'était la meilleure solution.

– Persuadée ? Comment ?

– Quand on a autant d'argent, m'a-t-elle expliqué avec un rire sans joie, ce n'est pas difficile de convaincre une étudiante qui traîne 90 000 livres de dettes et dont le frère a besoin de soins médicaux. Quand on a autant d'argent, on peut tout acheter. Même le silence.

– Mais qu'est-ce qu'ils ont fait ? Dis-le-moi ! C'est quoi, le secret qu'ils veulent à tout prix protéger ?

– Je croyais que tu avais parlé à Stacy ? Elle est au courant, même si c'est moi qui ai découvert l'implication de Cooperture.

– Elle est restée muette comme une tombe.

– Évidemment. Si elle vend la mèche, non seulement elle aura de gros problèmes, mais le ballet sera annulé. Edwin traînera son nom dans la boue et elle n'aura plus aucune chance de faire carrière dans la danse.

– Dans ce cas, c'est à toi de m'éclairer : qu'est-ce qu'ils ont fait, à la fin ?

– Désolée, je ne peux pas. C'est le prix que j'ai payé pour ma liberté.

– Archie Philips est-il vraiment coupable ou s'est-il contenté d'obéir aux ordres de son frère ?

– Je n'ai pas envie de jouer aux devinettes.

– C'est vraiment illégal ?

– Complètement illégal.

– Est-ce que quelqu'un va mourir ?

– Non, ce n'est pas le problème. Il n'est question ni de meurtre, ni de drogue, ni de quoi que ce soit de violent. Sinon, je ne les aurais pas laissés continuer.

– Donc pour toi, ce n'est pas très grave ?

– Pas suffisamment, en tout cas, pour que je refuse leur offre. (Elle faisait les cent pas dans la pièce en jetant des coups d'œil inquiets à son téléphone.) Je t'en ai déjà trop dit. Je vais m'arrêter là. Pardon de te décevoir.

Je l'ai encore harcelée de questions pendant une dizaine de minutes – grâce à mes parents, j'ai pas mal d'entraînement – mais ses lèvres étaient scellées par un grand C vert et blanc. J'ai fini par abandonner.

– D'accord, je m'en vais. Pas besoin de me raccompagner, je connais le chemin.

– Comme tu veux. Tu sais, Bibi... ça m'étonnerait que tu découvres la vérité mais, si jamais ça arrive, laisse tomber. Ça ne sert à rien de te mettre en danger alors que personne n'est vraiment menacé.

– Et donc... ?

– File.

Je suis ressortie par la fenêtre, j'ai atterri sur l'herbe humide et je suis allée récupérer mon canoë. En me retournant, j'ai aperçu le visage de Jenna dans la lumière blanche. Je lui ai fait signe, mais elle a fermé les rideaux et éteint son téléphone. Le cottage est devenu noir.

– Coin.

– Tu es encore là, toi ?

La cane enceinte m'a raccompagnée jusqu'à Cambridge. Son instinct de future mère la poussait peut-être à me protéger. Ou alors, elle voulait simplement rentrer à Emmanuel College. Après avoir rangé canoë, pagaie et gilet de sauvetage dans le hangar, j'ai traversé la ville endormie en faisant un boucan de tous les diables sur mes rollers. Heureusement, personne n'a ouvert sa fenêtre pour voir ce qui se passait. Même les gargouilles somnolaient au lieu de monter la garde.

En l'absence de voiture de police devant Christ's College, j'ai supposé que mes parents ne s'étaient pas aperçus de ma disparition. J'ai adressé mes remerciements à qui de droit, puis j'ai retiré mes rollers, escaladé le tronc d'arbre et regagné mon lit où j'ai rêvé de cygnes blancs.

9

Quand je suis entrée dans le salon le lendemain matin, maman et papa faisaient des tas de « oh » et de « ah ». Partant du principe qu'ils m'étaient adressés, j'ai répondu :

– Arrêtez, je vais rougir.

Puis je me suis aperçue qu'ils contemplaient des photos, et qu'elles n'étaient pas de moi.

– Regarde, Sophie ! a lancé maman. Nous venons de recevoir un catalogue pour une nouvelle gamme de portables appelés Mini-Phones !

– Mini-Phones ?

– Oui, des téléphones spécialement conçus pour les enfants ! « Pas de mauvaises surprises avec ces appareils très simples d'utilisation qui vous permettront de surveiller votre progéniture et vous épargneront bien des inquiétudes ! » C'est pile ce qu'on recherchait.

J'ai jeté un coup d'œil horrifié à la brochure. On aurait dit des talkies-walkies pour bébés. Le plus simple n'avait que quatre boutons : un vert en forme de téléphone pour répondre, un M rose pour « Appeler maman », un P bleu pour « Appeler papa » et une voiture noire pour « Appeler la police ».

– Ce soir, nous passerons te chercher à la sortie de l'école et nous irons chez Facile Mobile. Il me semble qu'ils vendent cette marque… (Elle a feuilleté le catalogue pour vérifier.) Oui, c'est bon. Ensuite, nous irons dîner tous les trois *Chez Tata.* On va bien s'amuser ! Quelle coïncidence qu'on ait reçu ça justement ce matin !

Maman continuait à bavarder, mais j'avais l'impression de l'entendre depuis une lointaine galaxie. Mon cerveau n'avait retenu qu'un seul mot de son discours : coïncidence.

Elle a reposé le catalogue sur la table, et là, j'ai remarqué le C entouré d'un cercle.

Coïncidence.

Je l'ai retourné d'un geste lent.

La marque Mini-Phones est fière d'utiliser les services de l'agence de marketing Cooperture, à Londres.

174

– Maman, me suis-je écriée d'une voix bizarrement suraiguë, tu n'as pas dit l'autre jour que tu avais regardé les téléphones sur Internet ?

– Si, j'ai fait quelques recherches.

– Tu as utilisé le serveur Internet de l'université ?

– Oui, pourquoi ?

– Tu as tapé quels mots-clés ?

– Je ne sais plus, ma chérie.

– Même en fermant les yeux et en tirant la langue très fort ?

Maman a essayé, car elle était vraiment de bonne humeur.

– Ah oui, ça me revient. Quelque chose du genre « téléphones portables pour enfants ». Mais je ne me suis pas attardée, et ça n'a plus d'importance : le problème est réglé. Va te préparer, on part dans une demi-heure... Qu'est-ce que tu fais ?

– J'écris.

– Tu écris quoi ?

– Une lettre.

– Est-ce bien le moment ? Tu n'as pas encore pris ta douche !

– Désolée, je n'ai pas le choix.

– À qui écris-tu ?

– Laisse-la tranquille, Agnès, est intervenu mon père. Elle a le droit d'avoir son jardin secret.

Ce qui ne l'a pas empêché de tendre le cou comme une autruche pour essayer de lire par-dessus mon épaule.

Mais j'avais terminé. J'ai plié la lettre en trois, je l'ai glissée dans une enveloppe et je suis allée aux toilettes pour noter l'adresse en paix :

JEREMY HOPKINS
GONVILLE & CAIUS COLLEGE

Puis j'ai couru la jeter dans la boîte aux lettres de la loge des portiers. Jeremy la recevrait dans la matinée. Il en saurait alors autant que moi et pourrait prévenir la police, qui l'écouterait (moi, personne ne me croit jamais, sous prétexte que j'ai la fâcheuse habitude de mentir).

La dernière pièce du puzzle venait de se mettre en place.

Le logiciel que Cooperture avait fait installer sur le serveur de l'université n'était pas simplement publicitaire. Il surveillait les ordinateurs afin de démarcher de nouveaux clients. En ce moment même, des centaines d'étudiants et d'employés étaient espionnés, leurs activités enregistrées, leurs goûts analysés. Ensuite, il n'y avait plus qu'à leur envoyer les catalogues, publicités et produits promotionnels adaptés.

Voilà pourquoi Fiona, l'étudiante en médecine, se promenait avec un sweat-shirt orné d'un stéthoscope ! Voilà pourquoi *Le Canard joyeux* avait atterri dans notre boîte aux lettres quand papa s'était renseigné sur les canards ! Et voilà pourquoi ce catalogue de téléphones ridicules venait de tomber du ciel !

Tout ça, c'était l'œuvre de Cooperture. Jackpot ! L'agence ne mettrait pas longtemps à récupérer son investissement et à engranger des bénéfices.

Le C entouré d'un cercle était partout, comme un œil vert qui nous observait.

À cause de lui, les membres de l'université étaient devenus des proies.

À cause de lui, Jenna Jenkins avait dû renoncer à sa carrière de journaliste, à son rôle dans le ballet et à ses études.

À cause de lui, mes parents allaient m'acheter un téléphone qui ferait hurler de rire le monde entier.

Et j'étais à peu près sûre que tout ça, notamment le dernier point, était parfaitement illégal.

★   ★   ★

– Je les enverrai moisir dans une geôle infestée de rats ! ai-je annoncé au blason qui surplombait la porte de Christ's College en me dirigeant vers l'école.

Mais cette punition serait encore trop douce.

– Je les ferai pendre par les pieds au-dessus d'une mare infestée de caïmans ! ai-je promis à la statue d'Henry VIII devant King's College.

Toujours trop douce.

– Je leur ferai grignoter les yeux par une horde de fourmis rouges vénéneuses et lécher les pieds par une chèvre ! ai-je juré au millier de vélos alignés devant Peterhouse College.

Puis j'ai agité le poing devant le Fitzwilliam Museum, à l'intérieur duquel les deux frères trinquaient sans doute à leur réussite.

Avant de rapporter mes époustouflantes trouvailles à Toby et Gemma, j'ai dû gérer deux problèmes imprévus.

Le premier concernait Gemma.

– Je suis morte de trac pour demain. Et si je n'y arrivais pas ? Si j'oubliais comment jouer, parler, respirer ? Si je vomissais sur mon violoncelle ? Si quelqu'un tombait dans la fosse à orchestre et atterrissait sur ma tête ?

Le deuxième, Toby.

– Devinez quoi : on a proposé à mon père de préparer le buffet de la réception qui suivra le spectacle ! Ça sera génial ! Mais ne comptez pas sur moi pour aller voir le ballet. Je préfère encore manger de la purée d'intestins aux feuilles d'estragon.

– Alors prenons les choses dans l'ordre : Gemma, tout se passera bien. Tu es la Picasso du violoncelle. Les gens te feront une *standing ovation* et arracheront leur chemise pour que tu leur signes des autographes à même la peau. Toby, qu'est-ce que c'est que cette histoire de réception ?

– Demain, après le ballet, tout le monde doit se retrouver à la galerie d'art au coin de Jesus Lane et de Sidney Street.

– Je ne connais pas le nom des rues.

– Le mois dernier, il y avait un portrait d'homme nu dans la vitrine.

– Ah oui, je vois !

(Mes parents avaient inventé un tas d'excuses pour ne plus passer par là jusqu'à ce qu'il soit enlevé.)

– Donc ils organisent une réception là-bas et ils ont engagé mon père comme traiteur. Il sera super bien payé !

– Tiens donc.

Je savais déjà qui réglerait la note.

– Si tu veux, tu peux m'accompagner, m'a proposé Gemma. Ce sera sympa ! Et le professeur Philips sera là, j'ai vu son nom sur la liste. C'est le père d'Edwin qui l'a invité.

– D'accord, je viendrai. Bon, je peux en placer une, maintenant ?

Ils m'ont écoutée avec attention pendant que je leur racontais toute l'histoire. Puis que je recommençais, parce que Toby n'avait pas compris la première fois.

Pour finir, il a dit :

– Je ne vois pas ce qu'il y a de mal à recevoir des pubs pour des choses qui nous intéressent, plutôt que pour des pneus neige ou des monte-escaliers.

– Fais-nous confiance, Toby, est intervenue Gemma. Ça sent mauvais.

– En tout cas, ai-je conclu, n'allez pas claironner ça à toute la galaxie. Si les professeurs apprennent qu'ils sont grillés, ils s'enfuiront dans la forêt amazonienne et on ne les retrouvera jamais ! J'ai demandé à Jeremy de prévenir la police. Ce n'est qu'un étudiant, mais il a huit ans de plus que nous. Ils le croiront huit fois plus.

Toby et Gemma ont promis de garder le secret tandis que la sonnerie de l'école nous vrillait gentiment les tympans.

★ ★ ★

En cours d'espagnol, il s'est produit une chose aussi incroyable qu'inattendue.

On a frappé à la porte. (Jusque-là, rien d'incroyable.)

– ¡ *Sí !* a répondu l'assistante d'espagnol, Mlle Vázquez.

La porte s'est ouverte sur Mme Appleyard.

– Bonjour, a-t-elle fait, un peu impressionnée. J'ai… euh… une lettre pour Bibi Scott.

– ¿ *Una carta ?* a répété Mlle Vázquez. ¿ *Para la señorita Scott ?*

– Euh… oui, a supposé Mme Appleyard. Un jeune homme vient de la déposer.

– ¿ *Un chico ?*

– Oui. Apparemment, c'est urgent.

– ¿ *Le parece urgente ?*

– Bref, la voilà, a conclu Mme Appleyard, que cette conversation épuisait.

– ¡ *Señorita Scott ! Una carta para ti.*

– *Gracias* beaucoup, ai-je répliqué en saisissant l'enveloppe.

Toute la classe me dévisageait comme si je venais de recevoir une lettre de Poudlard. De retour à ma place, je l'ai ouverte sous le regard désapprobateur de Mlle Vázquez, qui a repris ses explications sur la traduction du mot « paella ».

À l'intérieur, j'ai trouvé un numéro de téléphone et un petit mot.

Salut Bibi,

Merci pour ton courrier. C'est dingue. Je n'en reviens pas que tu les aies démasqués ! Mais je ne peux pas aller voir la police. Ça ne marche pas comme ça. Il faut d'abord que j'obtienne les aveux de Ian Philips. J'irai le voir tout à l'heure. Je le ferai parler et je te recontacterai ce soir.

On va le coincer !

À très vite. Appelle-moi en cas de besoin.

Bisous

Jeremy

Non seulement je recevais un message secret en plein cours d'espagnol, mais en plus il venait d'un garçon, et il me faisait des bisous à la fin ! Si j'avais été un peu cruche, j'aurais gloussé d'émotion. Je l'ai montré à Toby et Gemma, qui ont levé les pouces avec des sourires de psychopathes.

« Vous voulez passer chez moi après l'école ? » nous a proposé Toby dans la marge de son cahier d'exercices.

« **Impossible**, ai-je répondu au feutre sur ma gomme. **Mes parents viennent me chercher pour qu'on aille** (là j'ai manqué de place, alors j'ai continué sur ma main) **acheter un téléphone portable.** »

« **Enfin !** s'est exclamée Gemma sur le devoir d'espagnol de la semaine précédente. **Tu vas avoir lequel ?** »

« **Un truc affreux,** ai-je écrit au crayon à papier sur ma table, en effaçant les mots au fur et à mesure parce que si Mlle Vázquez s'en apercevait, elle m'aplatirait comme une tortilla. Ça s'appelle un **Mini-Phone.** »

« **HA HA HA !** », se sont esclaffés Toby et Gemma.

« **Ne sois pas trop déçue,** a ajouté Gemma. **Je les connais, ils ont des super jeux pour apprendre l'alphabet !** »

Je me suis effondrée sur ma table, terrassée par le désespoir.

★   ★   ★

Histoire d'en rajouter à mon humiliation, maman et papa m'attendaient devant la sortie de l'école en agitant les bras.

– Hou hou ! Sophie !

– Bonjour, chers parents. Ne vous sentez pas obligés de me donner la main. Je vois que vous avez passé une bonne journée.

– Qu'est-ce que tu as écrit sur ton poignet ? a voulu savoir papa. « Acheter un téléphone portable. » Oh, elle avait peur d'oublier, c'est adorable !

– Facile Mobile ! a annoncé ma mère. Cool, nous sommes arrivés.

– S'il te plaît, maman, ne dis pas « cool ».

– Bonjooouur, a chantonné mon père à l'intention d'un vendeur qui devait avoir à peine deux semaines de plus que moi. Nous cherchons un téléphone portable pour notre petite fille.

– Je ne suis pas petite.

– Toute notre gamme est ici. Vous avez par exemple ce smartphone dernier cri avec appels vidéo en 3D…

– Non, non, l'a coupé maman. Nous avons déjà fait notre choix.

Elle a dégainé le catalogue Mini-Phones. Je me suis recroquevillée dans mon coin tel un hamster en hibernation, cachant mon visage rouge entre mes mains.

– Vous êtes sûrs ? Ces modèles sont vraiment très basiques – aucune application, rien pour passer le temps…

– Passer le temps ! a répété papa d'un ton outré. Voilà bien le problème de votre génération, jeune homme. Au lieu d'occuper votre temps de manière constructive, vous attendez qu'il passe !

– C'est de la torture, ai-je informé un bébé assis dans une poussette à côté de moi.

– D'accord, a fait le vendeur en me jetant un regard navré. Les Mini-Phones sont par ici.

Maman et papa se sont extasiés devant ces maudites machines et leur absence totale de fonctions, à l'exception de…

– Formidable ! Un chronomètre pour se brosser les dents !

– Et là, regarde ! Un jeu pour apprendre l'alphabet !

– Vous pouvez également enregistrer un message de trois minutes, les a informés le vendeur. Avec votre adresse et votre numéro de téléphone, par exemple, pour que votre fille les fasse écouter à des adultes si elle se perd.

– Ooooh !

J'en venais à rêver qu'une université rivale balance une bombe nucléaire sur Cambridge. Mais ce n'est pas arrivé, et mes parents ont décidé que ce téléphone était leur préféré de tous les temps.

Ils se sont assurés qu'il me plaisait en me forçant à mentir, ont déboursé 25 livres plus 10 livres de crédit et sont sortis de la boutique avec leur trésor.

★　★　★

À la fin du dîner, je n'avais toujours pas de nouvelles de Jeremy. Je me suis donc cachée sous ma couette pour l'appeler depuis mon ridicule portable neuf.

La sonnerie a résonné un long moment avant qu'il décroche.

– Allô ? Qui est à l'appareil ? a-t-il demandé d'une voix lasse.

– C'est moi, Bibi.

– Oh. Salut.

– Ça va ?

– Oui, pourquoi ?

– Je sais pas. T'as une voix bizarre. Alors ?

– Alors quoi ?

– Comment s'est passée ton entrevue avec le professeur Philips ?

– Oh, ça…

Il a poussé un gros soupir.

– Oui, ça !

– Euh… écoute, Bibi… finalement, je crois qu'on devrait laisser tomber.

– Hein ? Qu'est-ce qu'il t'a dit ?

– Ce serait trop long à t'expliquer. Et toi, tu as passé une bonne journée ? Qu'est-ce que tu fais de beau ?

– Une minute ! Qu'est-ce qui te prend ? Il a avoué ? Tu vas le dénoncer à la police ?

– Non. Ça ne servirait à rien. Tout ça te paraît sans doute compliqué, mais… fais-moi confiance. Le mieux, c'est de clore l'enquête.

Tout à coup, une étincelle s'est produite dans ma tête, comme si je venais d'avaler un morceau de silex.

– Il t'a payé ! Comme Jenna ! Il a acheté ton silence !

– Pas du tout, Bibi. Tu te fais des films.

– Jeremy, ne te laisse pas embobiner ! Il faut que tu préviennes la police !

– Au bout du compte, tout le monde s'y retrouve. Grâce à ces dons, les *colleges* peuvent offrir de meilleures conditions de vie à leurs étudiants. Cooperture récupère son investissement en augmentant les ventes de ses clients. Et le professeur Philips touche une commission en tant qu'intermédiaire.

– Tu n'es pas sérieux ! Tu ne peux pas accepter cet argent…

– Techniquement, je ne touche pas d'argent. Le professeur va simplement m'aider à rembourser mon prêt étudiant et à intégrer une grande école de journalisme. Ça va m'ouvrir beaucoup de portes.

– Non, tu dois m'écouter, c'est mal !

– Qui peut dire ce qui est bien ou mal ? Ne me juge pas, Bibi. Tu ferais pareil à ma place. J'en suis sûr.

Puis il a murmuré un petit « salut » et il a raccroché.

10

Les Frères de l'Enfer et les espions de chez Cooperture ne moisiraient jamais dans une geôle infestée de rats. J'étais tellement écœurée que je n'ai même pas rigolé quand Peter Mortimer a craché un papillon de nuit dans la soupe aux pois de papa.

Le lendemain, je me suis réveillée tristement dans la lumière grise du matin, j'ai tristement enfilé mes vêtements et englouti mon petit-déjeuner, puis je me suis tristement laissé conduire à l'école en Schtroumpfmobile.

– C'est quoi cette tête ? m'a demandé papa. Tu as mal aux dents ?

– Ça ne serait pas étonnant, après les avoir brossées pendant trois longues minutes grâce au chronomètre de mon téléphone.

– J'aime beaucoup la petite musique qui l'accompagne.

Une petite musique tellement atroce que j'avais passé les trois minutes à prier pour que des aliens mangeurs d'hommes débarquent dans la salle de bains et m'emportent avec eux.

En arrivant devant l'école, papa a agité un doigt menaçant sous mon nez.

– Ne te fais pas voler ton téléphone !

– Aucun risque, à moins que les voleurs les plus stupides du monde décident justement de passer par là.

J'espérais que Toby et Gemma partageraient mon indignation face à la trahison de Jeremy, mais Toby ne voyait toujours pas ce que les professeurs avaient fait de mal, et Gemma était tellement stressée par la première du *Lac des cygnes* qu'elle tremblait comme une feuille. Je ne parviendrais jamais à la convaincre qu'il se passait des choses plus tragiques dans notre petite ville.

J'ai fini par abandonner.

– Ça va bien se passer, l'ai-je rassurée pour la sept centième fois de la journée.

À chaque fois, elle formulait une nouvelle objection :

« J'ai peur d'éternuer sur mon violoncelle et de le couvrir de morve. »

« Mes doigts sont paralysés. Je ne pourrai jamais tenir mon archet. »

« Le temps est trop sec. Mon instrument va se fendre en deux au beau milieu de la représentation. »

En fin d'après-midi, elle m'a serrée dans ses bras comme un jeune soldat s'apprêtant à rejoindre le champ de bataille.

– Tu m'enverras des ondes positives, hein, Bibi ?

– Des tonnes. Ça va bien se passer.

– Je me suis cassé un ongle, et c'est celui de mon doigt le plus important…

– On se voit à 19 heures. Et nous à 22 heures, Toby.

– Vous allez vous régaler, nous a-t-il promis. J'ai vu papa préparer des petits feuilletés au jambon en les faisant rouler du bout de ses doigts jusqu'au creux de son coude !

★ ★ ★

– Alors, c'est réglé ? m'a demandé maman. La mère de Gemma te ramènera à la maison ?

– Oui, maman. Elle me raccompagnera, me mettra au lit, pliera mes vêtements et me chantera une berceuse.

– En parlant de vêtements, rentre ta chemise dans ta jupe.

– Pas la peine.

– Fais-le ou tu restes ici. (J'ai obéi.) Très bien. Tu te souviens que ton père et moi devons dîner chez des amis ?

– Oui, maman. Ne t'inquiète pas, je m'en sortirai.

– Ma grande petite fille ! Qui va assister à un spectacle et à une réception toute seule !

Toute seule, c'est-à-dire avec le père de Toby et la famille de Gemma au complet.

Ils sont venus me chercher pour me conduire à l'auditorium, où Gemma était en train de faire des exercices de yoga.

– Rien de tel que le poirier pour se détendre ! m'a-t-elle assuré, la tête en bas.

J'ai pris place dans la salle à côté de ses parents et de ses petits frères, des jumeaux qui nous ont exprimé leur opinion du ballet par des bruits de vomissements très réussis. Deux rangées devant nous se trouvaient les professeurs Philips le cadet et Philips l'aîné, ainsi que M. Franklin. L'occasion rêvée pour la police de les embrocher sur un pic géant et de les faire rôtir sur le barbecue de la prison.

Malheureusement, il ne s'est rien produit de la sorte.

Le spectacle a débuté, et je n'ai pas tardé à mettre mon cerveau en veille. Je rêvassais, imaginant que je découvrais un œuf de dinosaure dans le jardin du *college* et que mes parents m'autorisaient à le garder. Grâce à cette histoire passionnante, je n'ai pas vu le temps passer. Quand le rideau est tombé, j'ai même été frustrée d'être interrompue pendant le premier bain de Cookiesaurus.

– Gemma doit être drôlement contente de ne pas avoir fait de fausses notes, ai-je déclaré à M. et Mme Sarland.

Mais à leur air crispé, j'ai compris qu'il avait dû y en avoir une ou deux.

Ensuite, nous avons migré à la galerie d'art où nous nous sommes frayé un chemin entre les musiciens et les danseuses qui échangeaient des félicitations. Le père de Toby servait la nourriture et les boissons au fond de la salle avec son fils. Préférant éviter les feuilletés au jambon, je me suis contentée de prendre une fraise. En me retournant, j'ai heurté Edwin qui transportait une énorme pile d'ailes à l'étage.

– C'était bien ? m'a interrogée Toby.

– Aucune idée, j'ai pensé à autre chose tout du long. Tu aurais dû venir ! C'est un super endroit pour rêvasser, si on fait abstraction des grincements de l'orchestre.

Une musicienne qui passait par là m'a jeté un regard dégoûté, mais c'était peut-être parce qu'elle mangeait un feuilleté roulé sous les aisselles. Puis tout le monde s'est tu car Edwin était redescendu et faisait un discours.

– Et surtout, je suis extrêmement reconnaissant à monsieur Rudolph Franklin, mon père, qui a financé les costumes du spectacle. Sans Cooperture, nos cygnes auraient été beaucoup moins convaincants. Merci de l'applaudir.

Les frères Philips ont tapé des mains plus fort que tous les autres réunis. Ayant eu ma dose de simagrées, j'ai décidé de faire un tour aux toilettes – qui étaient à l'étage, comme le mur me l'a obligeamment indiqué.

Sur le palier, j'ai trouvé trois portes.

Il y avait un D sur la première, un M sur la deuxième et rien sur la troisième. J'étais extrêmement perplexe. Que pouvaient bien signifier ces lettres ? Ils ne pouvaient pas utiliser les symboles habituels représentant un homme et une femme ? J'avais peur de pousser la mauvaise porte et d'atterrir chez les garçons. D'après Toby, c'était tellement horrible que je risquais d'être traumatisée à vie.

J'ai donc opté pour la troisième porte en supposant qu'il s'agissait des toilettes mixtes.

Je m'étais trompée. C'était une pièce sombre, tout en longueur, remplie de sculptures et de cadres enveloppés de papier bulle. Les ailes apportées par Edwin trônaient dans un coin. Au fond, une large fenêtre donnait sur la rue et le mur d'enceinte du Sidney Sussex College. Je me suis plantée derrière en soupirant :

– Hélas ! Quand je songe que le monde ne connaîtra jamais la vérité sur les Frères de l'Enfer et sur Cooperture ! Quand je songe qu'ils se promènent en liberté parmi tous ces innocents !

Soudain, la porte a grincé et j'ai à peine eu le temps de plonger derrière le portrait d'une vache dans un pré. Quelqu'un a actionné un interrupteur, et une lumière jaunâtre a inondé la pièce.

– Alors, Eddie, tu passes une bonne soirée ?

– Oui, même si j'ai hâte d'être à dimanche pour que les représentations soient terminées. Qu'as-tu pensé du spectacle, papa ?

– Je l'ai adoré !

J'ai entendu la fenêtre s'ouvrir, puis le bruit d'une allumette qu'on craque. Une odeur de fumée est parvenue à mes narines tandis qu'une autre voix s'élevait :

– Je peux ? J'ai oublié les miennes à la maison.

– Bien sûr, Archie ! Ian ?

– Non merci, Rudolph.

Et là, j'ai eu un éclair de génie. J'ai sorti mon téléphone de ma poche et, le plus discrètement possible, j'ai fait défiler le minuscule menu.

Appels.

SMS.

Contacts.

Brossage de dents.

Jeu de l'alphabet.

Message audio.

J'ai sélectionné cette dernière fonction et appuyé sur « Enregistrer ».

– En tout cas, c'est un franc succès, a déclaré Ian Philips.

– Oui, grâce au merveilleux logiciel d'Archie, a répondu M. Franklin. Il est encore plus puissant que nous ne le pensions ; nous recevons des informations détaillées sur les moindres aspects de la vie des utilisateurs. Il ne se contente pas d'analyser leurs recherches Internet, n'est-ce pas ? Il passe également leurs e-mails en revue ?

– Absolument, a confirmé Archie. Si le mot « cheval » revient plusieurs fois dans leur correspondance, ils sont identifiés comme des adeptes de l'équitation.

– Tes clients sont satisfaits, papa ?

– Très ! Nous avons déjà constaté une hausse des ventes à Cambridge. Bien entendu, ils ignorent comment nous parvenons à cibler si efficacement les consommateurs. Et une fois que nous aurons élargi le principe à d'autres universités... voire à d'autres institutions...

– J'ai été bien inspiré de te présenter Ian. Il a été fantastique et a su te mettre en contact avec les bonnes personnes.

– C'est facile quand on est en poste depuis longtemps, a déclaré Ian Philips. Les gens me font confiance. Je n'ai eu qu'à les convaincre que notre projet était parfaitement innocent.

– Ce que tu as fait avec talent, l'a complimenté M. Franklin. Dis-moi, Edwin, Ian m'a parlé d'un petit problème avec une étudiante ?

– Tout est réglé, papa. C'était Stacy, le premier rôle du ballet. Elle est tombée sur le logiciel d'Archie avant qu'il ait fini de le développer, et elle en a parlé à une autre fille, une certaine Jenna.

– Ah ! C'est donc de là que vient la fuite.

– Dimanche dernier, en testant son logiciel sur le réseau de Trinity College, Archie a intercepté une conversation entre le révérend Pan et Stacy. Par chance, il est parvenu à couper la connexion avant qu'elle ait dévoilé quoi que ce soit. Ensuite, je me suis introduit dans la chambre du révérend pour voler son ordinateur, au cas où il aurait gardé une trace de leur échange. Je suis allé le jeter hier dans une décharge. Personne ne le retrouvera jamais.

– Fort bien. Fort bien. Mais cette Stacy ne risque-t-elle pas de vendre la mèche ?

– Non. J'ai conclu un marché avec elle. Je vais la mettre en relation avec des recruteurs du National Ballet pour donner un coup de pouce à sa carrière.

– Et Jenna Jenkins ?

– Aucun risque non plus de ce côté, l'a rassuré Ian Philips. Il n'y a rien que l'argent ne puisse acheter. Hier, j'ai reçu un coup de téléphone d'un autre étudiant qui, j'ignore comment, a découvert le pot aux roses. Il s'est laissé convaincre aussi facilement que la fille. Tout est sous contrôle.

– Dans ce cas, trinquons à notre succès !

– À notre succès !

Tintement de verres.

Puis il y a eu un autre bruit, auquel personne ne s'attendait :

« Durée maximale d'enregistrement atteinte. Durée maximale d'enregistrement atteinte. Durée maximale d'enregistrement atteinte. »

Suivi de la musique idiote du brossage de dents.

– Qu'est-ce que c'est que ça ?

– C'est la vache !

– Quelle vache ?

– Celle du tableau !

Plusieurs paires de mains se sont posées sur le cadre. Et je me suis retrouvée en pleine lumière.

– Bibi Scott !

– Bibi Scott !

– Bibi Scott !

– Bibi Scott !

– Waouh ! Je suis célèbre !

– Que fais-tu ici ?

– Je me reposais derrière un tableau. C'est la dernière mode.

Le professeur Ian Philips m'a attrapée par les épaules avec une force surprenante.

– C'était quoi, cette histoire d'enregistrement ?

– Oh, ça ? Rien.

Mais ils ont tous pâli en regardant mon Mini-Phone comme s'il s'agissait d'une arme de destruction massive.

– Bibi, m'a ordonné Edwin de sa voix haut perchée, donne-moi ce téléphone, s'il te plaît.

– Impossible. Mes parents me l'ont offert hier. Je serais ravie de m'en débarrasser, mais ils risqueraient de me transformer en citron pressé.

– Ne t'inquiète pas, nous leur expliquerons, m'a promis Ian Philips d'un ton mielleux. Ils ne te puniront pas. Ce sont des amis.

– Ils ne vous écouteront pas. Ils n'écoutent même pas l'Union européenne.

– Bon, assez plaisanté, a décrété M. Franklin en me prenant par le bras. Tu vas être une gentille fille et nous remettre ce téléphone.

– Nan !

– Attrapez-la !

Ils se sont chacun emparés d'un de mes membres et j'ai eu l'impression d'être un criminel du Moyen Âge écartelé par des chevaux furieux.

M. Franklin a plaqué sa main sur ma bouche pendant que je me débattais furieusement et leur envoyais de grands coups de pied. J'ai fini par échapper à Edwin, qui me tenait le bras droit, et j'en ai profité pour fourrer le téléphone sous ma chemise – qui, grâce à ma mère, était bien rentrée dans ma jupe et formait un petit hamac tiède contre mon ventre.

– ABRACADABRA ! Il a disparu ! ai-je annoncé.

– Disparu, mon œil ! a rugi M. Franklin. Mettons-lui la tête en bas !

Ils ont essayé, mais ils s'y sont très mal pris. Au lieu de lâcher les uns après les autres, ils m'ont tous lâchée en même temps et je leur ai glissé entre les doigts telle une anguille. Ensuite, adoptant la technique du kangourou australien, j'ai bondi jusqu'à l'autre bout de la pièce, m'emparant au passage d'une paire d'ailes en plumes afin de m'en servir de bouclier.

– Allons, Bibi, sois raisonnable, a insisté Ian Philips d'une voix douce. Ton enregistrement ne vaut rien. Il n'intéressera personne. Pourquoi ne le remplaces-tu pas par une jolie petite chanson ?

– Aucune chance ! Je sais tout. J'ai parlé à Jenna Jenkins et à Stacy Vance. C'est moi qui ai prévenu Jeremy Hopkins. Mes amis Toby et Gemma sont au courant eux aussi. Et ce n'est pas la peine d'essayer de m'acheter. Je n'ai pas besoin d'argent. Mes parents me donnent déjà cinq livres par semaine.

Si j'avais été un chien, j'aurais sûrement flairé une odeur de panique. Mais à vrai dire, je n'étais pas très rassurée non plus. Ils étaient quatre contre une. J'aurais bien aimé disposer d'une arme un peu plus efficace que des ailes en plumes.

– Attrapez-la ! a répété M. Franklin. Par tous les moyens !

La meilleure stratégie, les lionnes le savent bien, consiste à prendre sa proie en tenailles. Au lieu de ça, ils m'ont couru après les bras tendus en se bousculant et en se cognant dans les meubles, avec des grognements de zombies affamés.

Aussi souplement qu'une ninja, je me suis faufilée sous une table, j'ai bondi par-dessus une statue, j'ai fait la roue sur un vieux fauteuil, je me suis suspendue au lustre, et…

… je me suis retrouvée nez à nez avec Edwin qui me barrait la porte.

Comment était-il arrivé là ?

J'ai plongé sur le côté juste à temps, ses bras se sont refermés sur du vide et je me suis jetée entre les jambes de M. Franklin. D'un coup de pied de karatéka, j'ai renversé une immense toile sur les professeurs. Mais Edwin venait encore de surgir de nulle part avec l'intention manifeste de me plaquer au sol comme un joueur de rugby.

Raté !

Une seconde plus tard, j'atterrissais devant la fenêtre.

Sur le rebord de laquelle se tenait un écureuil. Qui s'est enfui.

Soudain, une idée a germé dans mon cerveau.

Je vous ai déjà parlé de mes neurones aussi nombreux que les étoiles dans l'univers, n'est-ce pas ? Voilà comment ils fonctionnent.

Vous voyez un écureuil.

Ça vous fait penser à la vidéo de Mme Appleyard sur les écureuils volants.

Vous vous rappelez que vous tenez une paire d'ailes en plumes.

Et vous entendez encore Edwin dire qu'elles sont assez solides pour supporter le poids d'un enfant.

Votre cerveau fait un plus un égale deux et conclut : «Vole. »

J'ai donc enfilé les ailes, attrapé les sangles, grimpé sur le rebord de la fenêtre, et…

– Non ! Arrêtez-la !

Le vent m'a fouetté le visage avant de s'engouffrer sous les ailes. Aussitôt, j'ai ralenti, comme portée par des rails invisibles. J'ai traversé la rue en planant et franchi le mur de Sidney Sussex College.

Là, j'ai perdu un peu d'altitude car la brise était moins forte.

– Oh, regardez, s'est écrié quelqu'un en contrebas. Un cygne !

Je suis descendue, descendue, descendue…

– Oh non ! a hurlé quelqu'un d'autre. Ce n'est pas un cygne ! C'est…

Et tandis que je m'écrasais avec une élégance toute relative sur la pelouse moelleuse, deux voix dont je me serais bien passée en cet instant ont piaillé à l'unisson :

– SOPHIE MARGARET CATRIONA SCOTT !

11

La suite appartient à l'histoire. Vous n'avez probablement pas envie d'entendre comment j'ai été décorée par le duc et la duchesse de Cambridge. Enfin, j'espère que non, parce que ce n'est pas arrivé – ce que Toby, Gemma et moi avons jugé scandaleux.

Voici ce qui s'est passé : mes parents hystériques ont laissé tomber verres et assiettes pour venir me ramasser. Apparemment, le doyen de Sidney Sussex College les avait invités à une petite sauterie dans les jardins. J'avais donc une fois de plus gâché leur soirée. On m'a conduite à l'hôpital, alors que je n'avais rien à part des plumes ébouriffées et un bleu au genou (qui datait d'avant cette histoire). Tous les convives, dont le vice-chancelier, nous ont accompagnés dans leurs grandes toges noires de professeurs. Ils ont attendu devant l'hôpital comme une troupe de corbeaux inquiets jusqu'à ce que je ressorte triomphalement.

– Victoire ! ai-je annoncé à mes fans. Pas le moindre pansement ! Bibi Scott n'est peut-être pas un cygne, mais elle est plus solide qu'un roc !

Nous sommes ensuite allés au poste de police où j'ai dégainé mon téléphone, provoquant l'hilarité générale. J'ai passé l'enregistrement aux agents. Ils ont tout noté. Puis ils ont reproché à mes parents penauds de ne pas m'avoir écoutée.

– C'est ce que je me tue à leur dire, mais ils ne m'écoutent jamais. N'est-ce pas, maman ?

– Quoi donc, ma chérie ?

C'était peine perdue.

– Je peux monter avec vous pour la course-poursuite ? ai-je demandé au policier.

– Quelle course-poursuite ?

– Celle pour aller arrêter les Franklin et les Philips.

– Ça ne sera pas nécessaire.

Pas de course-poursuite ? J'étais terrible-ment déçue.

Edwin Franklin et son père, qui avaient été assez bêtes pour rester à la galerie, se sont laissé embarquer sans qu'on leur passe les menottes. On a retrouvé les frères Philips au Fitzwilliam Museum, en train de détruire leurs ordina-teurs, avant qu'ils aient eu le temps de faire disparaître toutes les preuves. Jenna Jenkins a été réveillée par un coup de fil de l'inspecteur, et Stacy Vance convoquée au poste pour un interrogatoire.

Quant à Jeremy, disons que j'ai malencon-treusement oublié de mentionner son nom à la police. Je comptais le faire, mais j'ai été dis-traite par une fissure qui ressemblait à un hip-popotame faisant du kite-surf. De toute façon, il n'avait pas touché d'argent, et *Scoop* avait besoin de lui. Moi aussi, d'ailleurs.

Et voilà.

Je m'attendais à être appelée à la barre pour faire le récit déchirant de mes aventures. Toby et Gemma devraient peut-être témoigner eux aussi ! J'espérais qu'on m'autoriserait à fouet-ter Edwin, M. Franklin et les frères Philips sur la place publique et que la reine viendrait me serrer la main en me remerciant au nom de tous mes compatriotes.

Mais non.

★ ★ ★

– Tu es prête pour l'école ?

– Mère ! Je ne peux pas y aller aujourd'hui !

– Et pourquoi donc, je te prie ?

– Parce que je viens de frôler la mort aux mains de dangereux bandits ! J'ai protégé la vie privée des gens sur Internet ! J'ai provoqué la chute d'une des plus grosses sociétés du pays !

Ça ne l'a pas empêchée de me fourrer dans la Schtroumpfmobile comme la première écolière venue. Moi, Bibi Scott, première superdétective de Cambridge ! Puis je me suis rappelé que ce serait l'occasion de raconter mon histoire à tout le monde, et je me suis calmée.

– Tu dois être en colère, maman.

– Pourquoi ?

– Parce que le *college* a perdu l'argent de Cooperture.

– Bah, a-t-elle répliqué en riant, nous en obtiendrons encore plus grâce au procès !

Plus, plus, toujours plus.

– Je peux avoir une augmentation d'argent de poche ?

– Non.

– Allez, dix livres par semaine !

– Non.

– Neuf ?

– Non.

– Sept ? Six et demie ?

– Six et demie, à ton prochain anniversaire.

– Mais c'est dans six mois !

– Ça te laissera le temps de réfléchir aux différents moyens de dépenser une fortune aussi colossale.

Ce soir-là, en rentrant à la maison, j'ai trouvé une guitare électrique sur mon lit.

Mes parents sont parfois plutôt cool.

★　★　★

Finalement, tant pis si je n'ai pas reçu le prix Nobel de la paix. Les super-détectives n'ont pas besoin de ça. Ce qui compte, c'est la satisfaction du travail bien fait et, dans mon cas précis, la fierté d'avoir employé un moyen de transport peu conventionnel. Subitement, tous les élèves de mon école voulaient se prendre en photo avec moi grâce à leurs téléphones portables dernier cri. Mais on s'habitue vite à la célébrité. Et puis ça s'est calmé dès que Suzanne Windermere a eu son appareil dentaire rose à paillettes.

★ ★ ★

— Sophie, tu as de la visite, m'a annoncé papa d'une voix effrayée, à croire qu'un ogre essayait de forcer l'entrée de ma chambre.

— Oh, salut, Jeremy !

— Salut, Bibi. Je peux entrer ?

— Bien sûr, si tu ne mets pas le bazar comme chez toi.

Il s'est assis au bout de mon lit.

— À propos de toute cette histoire, je voulais te dire…

— Que tu es désolé et que l'argent t'a fait perdre la tête ? Je sais.

— Non, pas ça.

— Ah bon ? Alors tu voulais me dire quoi ?

— Que tu es complètement cinglée de t'être jetée par la fenêtre ! Promets-moi de ne jamais recommencer !

— D'accord. Tu n'auras qu'à m'acheter un hélicoptère avec ton prochain pot-de-vin.

Il a viré au rouge tomate.

— Et merci de ne pas m'avoir dénoncé... je t'en suis très reconnaissant. Ça ne me ressemblait pas de me laisser acheter comme ça. Alors merci encore, et toutes mes excuses.

— Tu es pardonné, mon enfant. C'est ce que dit toujours mon père. Sauf la fois où j'ai atterri en rollers sur l'affreux lion en jade du salon.

— J'ai autre chose à te demander. L'université a accepté de réintégrer Jenna, mais elle ne travaillera plus pour *Scoop*. Je la remplace au poste de rédacteur en chef. Et j'aimerais que tu rejoignes mon équipe d'enquêteurs. Vu qu'en plus d'être une super-détective, tu es incorruptible.

Il avait parlé à voix basse car maman et papa n'auraient sans doute pas été d'accord.

— Oh, Jeremy, c'est le plus beau jour de ma vie ! J'ai trop hâte ! Youpi, j'ai un travail ! C'est vraiment...

– Du calme, du calme. Ton nom ne sera pas mentionné, mais si je t'appelle pour te demander d'espionner quelqu'un...

– Tu peux compter sur S.O.S. Bibi !

– Pas très sérieux, comme nom. Bref. J'essaierai de ne pas te confier de missions trop dangereuses...

– Je me ris du danger !

– Ça implique aussi une certaine discrétion. Tu ne pourras pas te vanter de tes éventuelles découvertes.

– Peu importe ! Du moment que je peux aider mon prochain, j'accepte. C'est ma vocation. Ma croix. Ma destinée.

Nous nous sommes serré la main et nous avons partagé un gâteau marbré pour sceller notre collaboration. Peter Mortimer a piqué la part de Jeremy, ce qui l'a un peu agacé, mais il n'avait qu'à se dépêcher de la manger.

– Alors, ai-je lancé. Quand est-ce que je commence ?

– Eh bien, il se trouve que j'ai reçu un coup de fil ce matin. De drôles de bruits auraient été entendus dans les caves de Clare College...

REMERCIEMENTS

Je n'écris jamais de remerciements d'habitude, mais tant de personnes ont contribué à la naissance de Bibi Scott que, cette fois, je ne peux pas prétendre m'en être sortie toute seule.

Voilà maintenant sept ans que Christ's College est devenu ma maison. Un peu comme Bibi, j'ai grandi là-bas. Un merci tout particulier à Don et Tod, les portiers, qui ont fait bien plus que prêter leurs noms, et au doyen, le professeur Frank Kelly, qui trouve que Bibi devrait se concentrer un peu plus sur ses devoirs de sciences !

Mille mercis à mes grandes amies lectrices, Anna, Lauren et Erin, qui se sont montrées adorables durant les deux années de doutes, de joies et d'inquiétudes qui ont suivi ma décision d'écrire en anglais. Quant à ma mère, il y a vingt ans qu'elle se montre adorable, depuis que j'ai commencé à écrire en français. Merci maman.

Merci aux professeurs Maria Nikolajeva et Morag Styles, les bonnes fées qui ont accompagné ma vie d'étudiante. Elles m'ont appris tout ce que je sais sur la littérature jeunesse et ne se sont jamais inquiétées de me voir écrire des romans en même temps que je préparais ma thèse.

Kirsty McLachlan, mon agent, a su gérer avec une gentillesse et un calme extraordinaires deux périodes de crise : l'absence d'offres d'éditeurs, puis leur surabondance. Ses conseils et ses suggestions sont toujours très avisés. Par ailleurs, je n'aurais pas pu rêver éditrice plus enthousiaste, plus créative et plus spirituelle qu'Ellen Holgate.

L'AUTEURE

Clémentine Beauvais a vécu neuf ans à Cambridge, mais, comme elle est beaucoup trop trouillarde pour escalader les murs, faire du roller seule dans la nuit, trouver des passages secrets ou attraper de dangereux malfaiteurs, elle a préféré inventer quelqu'un qui le fasse à sa place.

Clémentine enseigne aujourd'hui à l'université en Angleterre et écrit des livres pour enfants et pour adolescents.

L'ILLUSTRATRICE

Zelda Zonk n'est pas née à Cambridge. Cependant, elle se souvient des sempiternelles références étymologiques exposées par son père, professeur de lettres classiques, quand elle était petite.

Zelda aurait adoré être, comme Bibi, une patineuse émérite. Mais elle s'est tournée vers le dessin, activité beaucoup moins esquintante pour les genoux. Et elle se console de ne pas passer son temps à mener des enquêtes incroyables en illustrant celles qu'on lui propose régulièrement, en édition ou presse jeunesse.

Retrouvez toutes nos collections

sur notre site www.rageot.fr

PAPIER À BASE DE FIBRES CERTIFIÉES

RAGEOT s'engage pour l'environnement en réduisant l'empreinte carbone de ses livres. Celle de cet exemplaire est de :
750 g éq. CO_2
Rendez-vous sur www.rageot-durable.fr

Achevé d'imprimer en Italie en septembre 2017
Sur les presses de Grafica Veneta, Trebaseleghe
Dépôt légal : octobre 2017
N° d'édition : 5312-02